섹스에 대해 더 깊이 생각해보는 법
How to Think More about Sex

KB246136

How to Think More about Sex

인생학교 |섹스|

섹스에 대해 더 깊이 생각해보는 법

알랭 드 보통 지음 | 정미나 옮김

THE
SCHOOL
OF LIFE
쌤앤파커스

인생학교 |섹스|
섹스에 대해 더 깊이 생각해보는 법

2013년 1월 11일 초판 1쇄 | 2025년 1월 24일 25쇄 발행

지은이 알랭 드 보통 **옮긴이** 정미나
펴낸이 이원주

기획개발실 강소라, 김유경, 강동욱, 박인애, 류지혜, 이채은, 조아라, 최연서, 고정용
마케팅실 양근모, 권금숙, 양봉호, 이도경 **온라인홍보팀** 신하은, 현나래, 최혜빈
디자인실 진미나, 윤민지, 정은예 **디지털콘텐츠팀** 최은정 **해외기획팀** 우정민, 배혜림, 정혜인
경영지원실 강신우, 김현우, 이윤재 **제작팀** 이진영
펴낸곳 (주)쌤앤파커스 **출판신고** 2006년 9월 25일 제406-2006-000210호
주소 서울시 마포구 월드컵북로 396 누리꿈스퀘어 비즈니스타워 18층
전화 02-6712-9800 **팩스** 02-6712-9810 **이메일** info@smpk.kr

쌤앤파커스(Sam&Parkers)는 독자 여러분의 책에 관한 아이디어와 원고 투고를 설레는 마음으로 기다리
고 있습니다. 책으로 엮기를 원하는 아이디어가 있으신 분은 이메일 book@smpk.kr로 간단한 개요와 취
지, 연락처 등을 보내주세요. 머뭇거리지 말고 문을 두드리세요. 길이 열립니다.

시간

섹스

세상

돈

정신

일

THE SCHOOL OF LIFE

삶의 한가운데 있는 학교!

인생학교

살아가면서 부딪히는 여러 가지 문제들, 인생의 중요한 순간마다 마주하는 문제들을 어떻게 바라보고 대응해야 할까? 이제까지 배운 것이 '지식'이라면, 지금은 '지혜'를 배워야할 때다. 인생학교는 충만하고 균형 잡힌 인생을 위해서 반드시 한 번쯤 고민해봐야 할 주제들, 섹스, 돈, 일, 정신, 세상, 시간에 관한 근원적 탐구와 철학적 사유를 제안한다. 인생의 모든 순간을 지배하는 이 6가지 핵심주제에서 뽑아낸 통찰과 지혜는 삶의 질을 높이고, 일상적 사유의 깊이를 더해줄 것이다.

'인생학교The School of Life'는 2008년 영국 런던에서 처음 문을 열었다. "배움을 다시 삶의 한가운데로!"라는 캐치프레이즈 하에 세계적인 베스트셀러 작가 알랭 드 보통을 중심으로 삶의 의미와 살아가는 기술에 대해, 그리고 인생에서 부딪히는 여러 가지 문제들에 대해 강연과 토론, 멘토링, 커뮤니티 서비스 등을 제공하는 '글로벌 프로젝트'다. 거침없는 주제의식과 본질을 꿰뚫는 독특한 관점, 지적이고 명쾌한 해답을 도출하는 강연과 토론이 특히 유명하다. 영국과 미국은 물론, 스웨덴, 네덜란드, 브라질, 오스트레일리아, 터키 등으로 퍼져나가며 진정한 '인생학교'를 갈구해왔던 세계 각국의 독자들로부터 큰 반향을 불러일으키고 있다. 알랭 드 보통은 시리즈 전체의 기획자이자 에디터가 되어 각 주제를 책으로 엮었다.

| 조정민 목사, 전 iMBC 대표 | 끝없는 배움의 길을 걸으며 우리는 갈등한다. 무엇을 얼마나 언제까지 배워야 하나. 속 시원히 인생길을 가리키고 가르치는 곳은 없을까. 《인생학교》는 이 시대의 키워드를 중심으로 인생의 피할 수 없는 길에 분명한 이정표를 세운다. 어디서 멈추어야 지나온 길을 되돌아보고 앞길을 내다볼지를 안내한다. 인생에 길을 잃었거나 방향이 혼란스럽다면 《인생학교》 클래스에 함께 참여하기를 부탁드린다. 급변하는 시대의 새로운 인생 강좌, 그 여섯 개의 팻말과 강의가 궁금하지 않은가.

| 혜민 스님, 〈멈추면, 비로소 보이는 것들〉 저자 | 어른이 되어 인생을 살아가다 보면 왜 정작 학교에선 이런 것들을 가르쳐주지 않았을까 하는 것들이 있습니다. 예를 들어, 어떻게 하면 직장 안에서 내가 하는 일의 성과와 만족 사이에서 균형을 맞출 수 있을까? 혹은 어떻게 하면 우리가 용기를 내어 세

상을 좀 더 나은 곳으로 변화시킬 수 있을까? 살아가는 데 절대적으로 필요악이라고도 할 수 있는 돈은 과연 우리 인생에서 어떤 의미를 가지고 있을까? 이런 질문들 말입니다. 어떻게 보면 일상의 아주 평범해 보이는 주제를 비범한 시각으로 깊이 있게 다룬, '인생학교' 시리즈 책들을 여러분께 권합니다.

| 권민, 〈유니타스브랜드〉 편집장 | '인생은 어렵다'라는 것을 인정하면, 자유롭고 단순한 삶을 누릴 수 있다. 그리고 '인생은 학교다'라는 것을 깨닫게 되면, 그 즉시 겸손과 열정을 가질 수 있다. 그렇다면 인생이라는 고된 수업에서 우리는 무엇을 배워야 할까? 《인생학교》에서는 자신을 배워가는 관점을 알려준다. 무한 경쟁사회를 살고 있는 사람들의 인생은 남들과 같아지기를 혹은 남들보다 뛰어나기를 추구하고 있다. 그러나 이 시리즈에서는 '자기다움으로 남과 다른 인생을 사는 방법'을 소개하고 있다. 인생학교의 전공필수와 같은 이 여섯 권의 책들은, 심장은 뛰지만(생존하고 있지만), 가슴이 뛰지 않는(존재하지 않는) 오늘날의 현대인이 반드시 읽어야 할 심폐소생술과 같다.

| 백영옥, 소설가, 《스타일》, 《아주 보통의 연애》 저자 | "이제는 섹스에 대한 욕망과 사랑에 대한 욕망이 평등한 지위를 갖고, 도덕적 허식을 걷어치울 때다. … 섹스는 우리의 기대와 달리 사랑 앞에 얌전히 앉기를 거부한다!" 이 문장에 밑줄을 긋기 전, 나는 카페에 앉아 있는 한 커플의 얼굴을 보았다. 21세기의 결혼은 어째서 미혼과 기혼의 커플을 이토록 극명하게 나누어놓은 것일까. 나는 그들이 결혼의 위기를 겪고 있는 부부라는 사실을 단박에 알아차렸다. "우리는 사랑도 믿고, 일도 믿지만, 사랑을 위한 일의 가치는 믿지 않는다."는 말은 알랭 드 보통이 소설 《사랑의 기초》에 쓴 첫 번째 문장이었다. 한 작가의 소설과 에세이가 연결되는 통로를 가만히 들여다보는 일은 언제나 흥미롭다. 나는 불현듯 내가 이 책의 에디터였다면 책의 소제목을 이렇게 붙이겠다고 생각했다. "나는 왜 사랑하는 네가 아닌 잘 알지도 못하는 그와 자고 싶은가!"

"섹스하고 싶지 않다고 해서 사랑하지 않는 게 아니다!"라는 보통의 선언이나, '죄책감을 양산하지 않는 고급스런 포르노'에 대한 필요성, '발기불능이 실은 문명화의 결과'라는 그의 성찰을 읽는 일은 장담컨대 누구에게도 말하지 못한 은밀한 당신의 고통을 덜어줄 것이다. 왜냐하면 섹스를 주제로 삼은 자기계발서라면, 고통을 철저히 제거하는 것보다는, 그 고통을

제어하는 데 초점을 맞추는 편이 더 유익할 것이기 때문이다. 정말 우리에게 필요한 건 주사바늘을 쥔 병원 의사가 아니라 자애로운 얼굴의 호스피스 자원봉사자일지도 모른다.

| 김태훈, 칼럼니스트, 《김태훈의 랜덤 워크》 저자 | 알랭 드 보통은 작가들을 좌절시키는 작가다. 그의 시선은 늘 신선하며 그 신선함은 곧 명쾌한 해법이 된다. 관습을 반복하던 작가들은 결코 도달할 수 없는 신천지다. 정제된 단어들로 새롭게 해석된 섹스는 아이러니하게도 엄청나게 자극적이다. 흰 시트를 정성스럽게 깔고 음탕한 상상을 즐기며, 주변만을 빙빙 돌며 애써 외면하던 침대 위로 다시 뛰어들게 할 만큼. 그래! 이런 게 진짜 섹스다!

| 김얀, 칼럼니스트 | 이제 우리는 좀 더 솔직해져야 한다. 우리 몸과 마음은 '사랑' 보다 '섹스' 에 쉽게 반응한다는 것을. 모두가 느끼고 있었지만, 쉽게 인정하지 않았던. 연애와 결혼의 교집합 '섹스', 그것의 기쁨과 슬픔에 대해. 캄캄한 밀실에 있던 그것이 알랭 드 보통을 통해 환한 광장으로 나왔다. 심리학에서 철학, 사회학, 종교, 연애와 결혼의 본질을 독특한 관점에서 풀어낼 줄 아는 그라 더욱 기대된다. 사실 섹스에 관한 이런 '관심'과 '열심'도 나의 그(그녀)를 위함이다. 결국 섹스도 '사랑'이라는 종착역으로 가기 위한 몸부림이기 때문에.

목차

일러두기

• 본문 중 책 제목은《 》로, 논문과 잡지명은〈 〉로 표시했습니다. 책의 경우 한국어판이 출간된 책은 한국어판의 제목만 표기했고, 그렇지 않은 경우는 한글로 직역한 제목과 영어로 된 원서 제목을 병기했습니다.

• 영화 제목과 노래 제목, 드라마 제목, 뮤지컬 제목, 미술 작품명 등은 ' '로 표시했습니다.

• 옮긴이의 주註는 각 장의 말미에 수록했습니다.

How to Think
More about Sex
Alain de Botton

들어가는 글
Introduction

Part 1

왜 모두의 성생활은 '매우 이상'한가?

누구나 성생활을 하지만, 우리는 거의 예외 없이 자신이 어떤 식으로든 '섹스'에 대해 이상한 구석이 있다고 생각한다. 가령 말 못할 고통을 좀 느낀다든지(아마도 관계 후에), 욕구불만을 품은 채 파트너 옆에 누워 혼자 잠을 못 이룰 수도 있다.

이처럼 섹스 문제에 관한 한, 대다수는 자신이 '아주 이상하다'는 쓰라린 생각을 마음속 깊숙한 곳에 품고 있다. '정상적인' 사람이라면 섹스를 어떻게 느끼고 어떻게 다루어야 하는가? 이러한 질문에 답이 될 만한 사회적 통념들로부터 우리는 결코 자유롭지 않다. 섹스가 지극히 사적인 행위임에도 불구하고 말이다.

하지만 톡 까놓고 말해서, 섹스에 관한 한 조금이라도 '정상적인' 사람은 거의 없다. 대부분이 죄책감과 노이로제, 병적 공포와 마음을 어지럽히는 욕망, 무관심과 혐오 등에 시달리고 있다. 남들은 섹스에 대해 기분 좋고, 온당하며, 강박적이지 않고, 지속적이며, 안정된 태도를 가지고 있는데, 자신은 왜 그렇지 못한가 하는 생각으로 스스로를 책망하고 고문한다. 말하자면 우리는 전반적으로 비정상적인 사람들이다. 물론 '정상적'이라는 것에 대한 지극히 왜곡된 정의에 대입시킬 때 그렇다는 얘기다.

어쨌든 섹스에 관해 스스로를 비정상이라고 여기는 사람들이 이렇게나 많다는 점을 감안하면, 성생활의 현실적 문제에 대해 터놓고 이야기하지 못하는 작금의 상황은 매우 유감스러운 일이다. 대체로 '성적 취향'이라는 화제는, 좋은 인상을 주고 싶은 누군가와 주고받기엔 여전히 매우 껄끄러운 주제다. 사랑에 빠진 남녀 역시 자신의 욕망에 관해 상대방에게 매우 자세하게 털어놓지는 못한다('아주 조금'이라면 모를까). 파트너가 기겁하거나 혐오스러워할까 봐 걱정되어 본능적으로 억제하는 것인데, 그런 걱정은 대체로 괜한 기우가 아닌 경우도 많다. 그래서 대부분의 커플은 죽을 때까지 그런 얘기를 나눠보지 못하기 십상이다.

이 책은 '섹스'라는 주제에 대해 철학적인 사색을 펼쳐보고자 하는 사람들을 위한 책이다. 이제 이 책의 우선적인 과제가 확실해진 듯하다. 더 격정적으로, 혹은 더 자주 성관계를 가질 수 있는 요령은, 아쉽게도 이 책의 주제가 아니다. 그보다는 성욕이 지나친 문제, 혹은 섹스를 회피하는 문제 때문에 스스로를 비정상이라 여기는 사람들에게 그 고통을 조금이나마 편하게 받아들이는 방법을 알려줄 것이다.

무분별한 그 열정을 정중하게 인정하기

섹스에 관해 우리가 어떤 식의 거북함을 느끼건 간에, 그 거북함을 배가시키는 관념 중에 확실한 것이 하나 있다. 지금은 바야흐로 자유의 시대이며, 그러므로 '이제는 개인의 성적 취향에 대해서 거리낌 없이 얘기해도 되지 않을까?' 하는 의문이다. 인류가 성적 억압의 족쇄로부터 풀려나 지금과 같은 자유에 이른 과정은, 보편적으로 다음과 같은 단계를 따른다.

전 세계 어느 곳을 막론하고, 수천 년에 걸쳐 사람들은 섹스에 관해 쓸데없는 당혹감과 죄책감에 시달려왔다. 그러한 감정들은 종교적 편견과 현학적 사회관습의 사악한 결합이 만들어낸 결과였다. 가령 자위를 하면 손이 떨어져 나가지나 않을까 벌벌 떨었고, 누군가의 발목에 음흉한 시선을 보내기라도 하면 불붙은 기름통에 던져지는 줄 알았다. 발기라든가 클리토리스에 대해서는 아무것도 몰랐다. 정말 어리석었다.

그러다 제1차 세계대전과 세계 최초의 인공위성 스푸트니크 호의 발사 사이의 어느 무렵부터 상황이 차츰 개선되었다. 마침내 사람들은 거리낌 없이 비키니를 입게 되었고, 자위행위를 인정하기 시작했다. 또 '쿤닐링구스cunnilingus'* 같은 말을 입 밖에 꺼내도 될 만큼 자유로운 사회 분위기가 형성되었고, 포르노 영화도 보기 시작했다.

또한 이전까지는 대다수의 인류사에서 어처구니없게도 신경증적 욕구좌절의 근원이었던 섹스가, 이제는 아주 편안한 이야깃거리가 되었다. 그러다 보니 성관계 자체에 대한 보편적인 태도도 달라졌다. 이전까지는 섹스를 하려고 할 때 큰 혼란과 죄책감을 느꼈다면, 현대에 들어서면서부터는 오히려 기대감과 자신감, 즐거운 마음으로 임할 수 있게 된 것이다.

이 시대의 사람들은 섹스가 기분을 좋아지게 만들고 신체적으로도 활력을 주는 유익한 유희로서, 이를테면 테니스와 비슷한 정도의 것으로 인식하게 되었다. 말하자면, 현대인의 삶에서 유발되는 과도한 스트레스를 풀기 위해 '누구나 가능한 한 자주 해야 하는 것'이라고 생각하게 된 것이다.

이런 계몽과 진보의 스토리는, 어쩌면 논리력과 쾌락주의적 감성에 대한 일종의 '아부'처럼 들릴 수도 있다. 게다가 이러한 변천사는 부동의 사실 한 가지를 홀가분히 외면하도록 도와준다. 우리가 섹스에 대한 욕망으로부터 쉽게 자유로워질 수 없다는 사실 말이다. 인류가 수천 년 동안 섹스로 인해 그토록 혼란스러워 했던 것도 그저 우연의 일치가 아니었다. 종교적 억압이라든가 사회적 규율들, 금기들이 '본능'을 억누르려는 시도에서 비롯된 것들이었으니 당연히 그랬을 수밖에. 어쨌거나 그 '본능'이라는 것은, 단순히 마음으로 사라지길 바란다고 해서 사라지는 게 아니다. 그렇지 않은가?

과거에 우리가 섹스 때문에 괴로워했던 이유는, 섹스가 본질적으로 마음을 어지럽히고, 저항하기 힘들고, 이성을 잃게 하는 '충동'이기 때문이었다. 또한 섹스는 대체로 우리의 야심이나 성취욕과 전혀 일치하지 않았으며, 문명사회에 속한 다른 것들과 온건하게 통합되기란 거의 불가능했다.

성적 기벽을 없애려고 아무리 애를 쓴다고 해도, 섹스는 결코 기대만큼 단순해지거나, 유쾌해지지 않는다. 섹스는 근본적으로 민주적이지도 친절하지도 않기 때문이다. 오히려 잔학성이라든가, 위반違反, 정복하고 모욕을 주려는 욕망 같은 것들과 관련이 깊다.

섹스는 우리의 기대와 달리 사랑 위에 얌전히 앉아 있길 거부한다. 아무리 길들이려고 애써도 평생토록 자꾸자꾸 말썽을 일으키곤 한다. 관계를 파탄으로 몰고 가거나, 생산성 향상에 지장을 주기도 하고, 야한 옷차림의 이성에게 작업을 걸기 위해 새벽까지 나이트클럽에서 노닥거리게 만들기도 한다. 비록 그 이성의 옷차림이 별로 마음에 들지 않더라도, 어떻게든 살을 비벼보고 싶을 정도로 섹시하다면 말이다.

또한 섹스는 때때로 우리의 가장 중요한 의무나 가치관에 모순되며, 심한 경우 서로 용납할 수 없을 정도로 강하게 정면충돌을 하기도 한다. 당연한 얘기지만, 대개의 경우에 우리는 성욕을 억제하는 것 외에는 어쩔 도리가 없다.

하지만 당혹스러운 성적 충동에 좀 더 '정상적으로' 반응하지 못한 것에 대해 자책하기보다는, 섹스가 본래부터 다소 이상하다는 점을 인정해야 한다. 그렇다고 우리가 섹스에 대해 좀 더 현명해지기를 기대한다는 게 전혀 불가능하다는 의미는 아니다. 단지 섹스가 우리에게 던져주는 난관들을 완벽하게 이겨내길 기대할 수 없을 뿐이다. 제멋대로이고 무분별한 그 열정을 정중히 인정하는 것, 그것이 바로 우리가 바랄 수 있는 최선이다.

일상적으로 맞닥뜨리는 섹스의 난관들

고대 인도의 힌두 성전《카마수트라》부터 오늘날의《섹스의 즐거움The Joy of Sex》까지, 동서고금의 여러 성 지침서는 하나같이 육체적인 영역에서의 성행위 문제에 초점을 맞추고 있다. 가부좌 체위에 통달하거나, 얼음조각을 창의적으로 활용하거나, 두 사람이 동시에 오르가슴에 도달하는 섹스 기교라고 증명된 것을 응용해본다거나 등등, 이처럼 더 나은 섹스를 경험하게 해주겠다는 내용이 대부분이다.

그런데 때때로 그런 지침서들에 신경이 바짝 곤두설 때가 있다. 대체 왜 그런 걸까? 어쩌면 참을 수 없는 모욕감이 치밀어서 그런 것일지도 모르겠다. 용기를 북돋워주는 이야기들과 유용한 삽화들이 무색하게도 말이다. 그렇다면 왜 그런 책들에서 우리는 종종 모욕감을 느낄까? 그런 지침서들은, 우리가 항문 마스터베이션을 시도해본 적이 없거나 카레짜Karezza를 터득하지 못한 탓에 그렇게 섹스에 애를 먹고 있는 것 같은 인상을 주입시키기 때문이다. 하지만 이런 것들은 성생활의 짜릿한 측면만을 스펙터클하게 보여줄 뿐, 우리가 일상적으로 맞닥뜨리는 (다소 지루한) 난관들은 무시하고 있다.

대다수가 위로받고 싶어 하는 진짜 걱정거리는 따로 있다. 재스민 향이 풍기고 벌새들의 노래가 흐르는 몽환적인 분위기에서 새로운 체위를 시도하며 몇 시간씩 소파에서 함께 뒹굴고 싶어 안달하는 연인과 어떻게 하면 훨씬 더 즐거운 섹스를 나누는가가 아니다. 그보다는 오히려 육아와 금전 문제로 티격태격하던 부부가 잠자리에서도 틀어져버려 서로 말도 못하고 애를 태운다거나, 아니면 자신이 인터넷 '야동'에 중독된 게 아닌가 싶어 괴롭다거나, 혹은 사랑하지 않는 사람들에게만 성욕이 치솟는다거나, 직장 동료와 불륜을 저지르는 바람에 배우자의 마음에 돌이킬 수 없는 상처를 남긴 것 등이 진짜 걱정거리다.

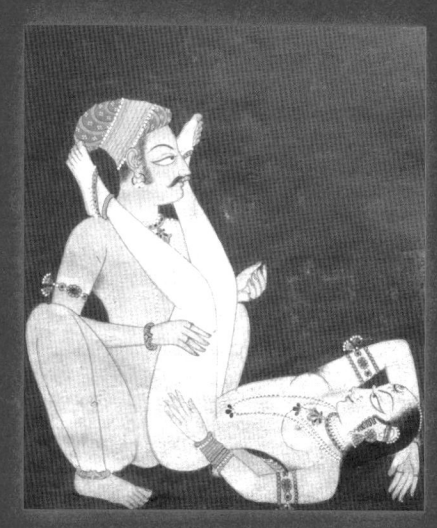

우리가 겪는
가장 절박한 성문제 중에서
섹스 기교와 관련된 것은
거의 없다.

《카마수트라》에 수록되어 있는 그림. 인도, 18세기 말.

병원이 아니라
호스피스가 필요하다

　이처럼 수많은 문제에 직면한 우리가, 바라는 대로 만족스러운 섹스를 나눌 수 있는 순간이 과연 얼마나 될까? 우리의 시대정신과 대조적이게도, 평생 동안 따져봐야 손가락으로 꼽을 정도밖에는 안 될 것이다.

　그런데 우리는 가장 운 좋은 경험을 하는 그 순간에, 정작 자신이 얼마나 황홀한 순간을 보내고 있는지 모르고, 감탄도 감사도 없이 지나쳐버린다. 나이가 들어 지난날의 짜릿했던 순간들을 거듭거듭 돌이키며 향수에 잠길 때 그제야 비로소 깨닫는다. 섹스의 신들이 우리에게 선물을 주는 데 얼마나 인색한지, 또 두 사람의 생물학과 심리학과 타이밍이 절묘하게 들어맞아 만족스러운 섹스가 이루어지는 순간이 인생에서 얼마나 드문지를 말이다.

　거의 평생 동안 섹스에 관해 갈망과 불안을 떠안고 살아가야 하는 것이 어쩌면 우리의 숙명인지도 모르겠다. 동서고금의 성 지침서들이 무엇을 약속하든, 현실 속의 섹스가 던져주는 온갖 딜레마를 해소하는 데는 대체로 무용하다. 따라서 성을 주제로 삼은 자기계발서라면, 고통을 철저하게 제거하는 것보다는(그것은 아마도 불가능한 일일 테니까) 그 고통을 제어하는 데 초점을 맞추는 편이 더욱 유익할 것이다. 말하자면 병원이 아니라 호스피스처럼 고통을 덜어주는 데 중점을 두어야 한다는 말이다.

하지만 책을 읽는 것만으로 우리의 문제가 말끔히 사라지길 기대하는 것은 금물이다. 책은 단지 자신의 비애를 토해내고 서로의 고통을 확인할 수 있는 기회를 마련해줄 뿐이다. 물론 다음과 같은 가슴 따뜻한 조언으로 위로를 주기도 한다. 우리 인간은 누구나 피할 수 없는 성욕으로 인해 치욕과 저마다의 어려움을 떠안고 살게 마련이라고.

---

*쿤닐링구스 남성이 입술이나 혀로 여성의 성기를 애무하는 구강성교의 일종.
**카레짜 동양의 성 기술에 필적할 만한 서양의 성 기술로, 남성이 사정을 억제하여 가능한 오랫동안 성교를 하는 테크닉.

How to Think
More about Sex
Alain de Botton

섹스의 기쁨
The Pleasures of Sex

Part 2

에로티시즘과 외로움

그녀 혹은 그와 하고 싶어지는
의식적인 동기

우리가 섹스로 인해 치르게 되는 수많은 문제들을 살펴보기에 앞서, 먼저 짚고 넘어가야 할 것이 있다. 동전의 뒷면을 살펴보자는 것이다. 앞에서 잠깐 언급한 내용과 이어지는 질문이다.

'깊은 즐거움과 만족감을 주는 섹스는 왜 그렇게 드물까?'

언뜻 생각하기에 답이 뻔해 보이겠지만, 꼭 그렇지만도 않다.

성문제에 관한 한 우리 시대를 지배하는 강력한 이론이 하나 있다. 진화생물학에서 뻗어 나온 이론이 바로 그것이다. 성욕과 섹스에 대해 설명할 때 다른 무엇보다 앞자리를 차지하는 이 이론은, 간단히 요약하자면 이렇다. 우리 인간은 다른 동물과 마찬가지로 종족을 번식하도록 유전적으로 프로그래밍되어 있다. 그리고 섹스의 쾌감은 배우자와 함께 가정을 꾸리고 자녀를 양육하는 데 쏟아붓는 뼈 빠지는 수고에 대한 보상으로서 필요한 것이다.

진화생물학에 따르면, 우리가 누군가에게 성적으로 끌리는 부분은 종족을 발전시킬 특정 요소의 상징에 불과하다. 가령 어떤 사람의 지성에 마음이 끌린다면 후손의 생존을 보장하는 데 그것이 중요한 자질임을 암시하는 것이다. 또한 우리가 춤을 잘 추는 사람들을 보고 좋아하는 것도, 그의 활력과 에너지가 다음 세대를 지키는 데 도움이 될 것이라는 암시이기 때문이라고 한다.

이와 같은 진화생물학적 주장을 전적으로 틀리다고는 할 수 없다. 하지만 이러한 주장은 실생활에서 맞닥뜨리는 성경험과 단절되어 있는 데다, 그다지 예리하지 못하고 재미있지도 않다. 진화생물학은 섹스의 존재 이유는 잘 설명하고 있지만, 특정한 사람과 섹스를 하고 싶어지는 의식적인 동기에 대해서는 납득할 만한 실마리를 제시하지 못한다. 말하자면, 우리의 행동에 대한 전반적 동기는 설명해줄 수 있지만, 왜 누군가를 저녁식사 시간에 집으로 초대해서 어찌어찌하다가 소파에서 서로 청바지의 단추를 풀게 되는지, 그 사이에 우리의 머릿속에서 실질적으로 일어나는 동기가 무엇인지에 대한 부분은 전혀 풀어주지 못한다. 그러다 보니, 반사적으로 반응하는 우리 인간에게 섹스가 정말로 중요한 이유에 대해서 그럴듯한 해명을 내놓지도 못한다.

첫 키스와
외로움 극복의 순간

좀 더 직접적으로 설명하기 위해, 데이트에서 단 한 번뿐인 어떤 순간에 초점을 맞추어 얘기해보겠다. 수년 뒤에도 그때를 떠올리면 거의 언제나 특별하게 흥분되는 그런 순간, 그러니까 처음으로 키스를 나누고, 특정한 누군가에게 끌린다는 사실을 육체적으로, 그리고 공개적으로 받아들인 그 순간 말이다.

첫 키스의 순간은, 그녀와의 만남이 너무 설레어 음식이 입으로 들어가는지 코로 들어가는지 모르는 채 저녁을 먹고 난 뒤의 차 안에서였을 수도 있고, 파티가 한창 무르익을 무렵의 어느 후미진 복도에서

였을 수도 있다. 아니면 기차역에서 헤어지기 전에, 사방에서 밀치고 지나가는 수많은 인파가 보거나 말거나 신경 쓰지 않고 '와락 키스'를 하면서였을지도 모른다. 말솜씨가 아무리 젬병인 사람이라도, 첫 키스를 떠올리며 그(혹은 그녀)를 어떻게 만났고 어떻게 입술이 맞닿게 되었는지를 털어놓을 때만큼은 따분하게 말하기 힘들다.

첫 키스의 순간은 상대적으로 낯설었던 사람을 친밀한 이성으로 바꾸어놓는 결정적인 계기다. 또한 첫 키스는 곧 '외로움의 극복'을 상징하는 일대사건인 만큼 짜릿함을 안겨주기도 한다. 이 짜릿한 쾌감은 순전히 신경말단의 자극과 생물학적 충동의 충족에서 비롯된 것만은 아니다. 아무리 짧은 찰나일지라도, 차가운 익명의 세상에서 우리를 둘러싸던 고독으로부터 벗어난 기쁨 때문이다.

이 고독은 유년기가 끝난 이후부터 누구나 느끼게 되는 그런 종류의 것이다. 운이 좋은 경우 우리는 이 세상에서 안락하게 첫 출발을 한다. 헌신적인 어머니와 육체적으로나 정신적으로 친밀한 관계를 맺는 것이다.

우리는 발가벗은 몸으로 어머니의 살을 파고들며 심장박동 소리를 듣는다. 어머니는 우리가 침으로 방울을 만드는 일에도, 다시 말해 우리가 단지 세상에 존재하는 것만으로도 따뜻한 눈길을 보낸다. 숟가락으로 식탁을 탕탕 두드려대기만 해도 어머니는 깔깔 웃음을 터뜨려준다. 또 어머니는 애정 어린 시선으로 손가락을 간질이고, 머리를 쓰다듬어주며, 코를 가까이 갖다 대 냄새를 맡고, 뽀뽀도 쪽쪽 해준다. 그 시절의 우리는 굳이 말을 할 필요도 없다. 어머니가 옆에서 무엇이 필요한지 세심하게 챙겨주고, 배가 고프면 언제든 가슴을 대주니까.

그러다 차츰 변화가 닥친다. 이제 더 이상은 젖꼭지를 물지 못하게 되고, 대신 섭섭하게도 밥과 익힌 채소, 텁텁한 닭고기 같은 것을 먹어야 한다. 우리의 몸은 이제 더 이상 남을 기쁘게 해주지도 않거니와, 함부로 내보여서도 안 된다. 신체의 특정한 부위에 대한 부끄러움도 생겨나, 신체 중에 끝없이 성장하는 영역들은 남들이 만지면 큰일 나는 것으로 알게 된다. 처음에는 성기만 그런 줄 알았는데, 배, 목덜미, 귀, 겨드랑이까지 점점 늘다가 나중엔 이따금씩 누군가를 안아주거나 악수를 하거나 볼에 가벼운 입맞춤을 주고받을 때를 제외하고는 거의 모든 부위의 신체접촉을 꺼리게 된다.

부모님을 비롯한 주위 사람들은 점차 우리의 존재 자체에 흐뭇해하는 마음이 시들해지고 우리가 뭔가를 잘해야 열광해준다. 이제 우리의 '있는 그대로의 모습'보다는 우리가 '하는 것'에 더 큰 관심을 갖는 셈이다. 예전의 선생님들은 뭘 그린 건지 알아보기도 힘든 무당벌레 그림이나, 아무렇게나 휘갈겨놓은 만국기 그림을 보고도 아주 잘했다고 칭찬해줬지만, 이제는 시험성적이 잘 나와야만 칭찬해준다.

그뿐인가? 주위 사람들에게 모진 조언도 듣게 된다. 물론 그 사람들 딴에는 우리를 생각해서 해주는 말이겠지만, 스스로 돈을 벌 나이가 되지 않았느냐며, 우리가 경제적인 자립을 얼마나 잘해내느냐에 따라 우리를 대하는 태도를 달리하는 것이다.

이제 우리는 입 밖으로 꺼내는 말과 남들에게 보이는 모습에도 신경 써야 한다. 우리의 겉모습 중에 남들에게 반감을 사거나 겁을 먹게 만드는 부분이 있다면 감춰야 하고, 옷과 헤어스타일에 돈을 써가며 남들에게 보이는 모습을 연출해야 한다. 이렇게 우리는 점점 부족하고 어설픈 존재, 부끄러움과 불안감을 가득 담고 있는 존재로 성장해간다. 어른이 되면서 천국에서 완전히 추방당하고 마는 것이다.

하지만 마음속 깊은 곳의 자아는 태어날 때 함께 가지고 나온 원초적인 욕구를 절대로 잊어버리지 않는다. 그것은 바로, 뭔가를 잘하건 못하건 상관없이 있는 그대로 인정받고 싶은 욕구, 몸을 매개로 사랑받고 싶은 욕구, 다른 사람의 품에 안기고 싶은 욕구, 자신의 살 냄새로 누군가에게 기쁨을 주고 싶은 욕구다. 이 모든 선천적이고 본능적인 욕구로 인해 이상주의적 열망에 사로잡혀 키스하고 싶고 같이 자고 싶은 누군가를 끊임없이 찾게 되는 것이다.

보통의 연애의
점진적 발전 과정

이제부터는 서로를 처음으로 유혹하는 커플이 겪게 마련인 점진적인 연애의 단계를 상상해보면서 앞에서 살펴본 고독론과 관련지어 두 사람의 쾌감을 자세히 들여다보자. 그럼 먼저 머릿속에 한 커플의 남녀를 그려보자.

어느 대도시의 토요일 밤 11시, 함께 영화를 보고 나온 남녀가 카페에서 아이스크림을 먹고 있다. 이 커플이 느끼고 있는 성적 흥분에 대한 생물학적 설명이야 뻔하다. 들으나 마나 번식과 유전학을 결부시켜 무의식이 어쩌고저쩌고 할 터. 하지만 이때 남자와 여자가 흥분을 느끼게 되는 배경에는, 일상의 삶에서 친밀감을 표현하는 데 방해가 되는 여러 장벽을 극복한 상황 역시 한몫을 하고 있다. 그리고 바로 이러한 측면에 초점을 맞추어서 보면, 커플이 침대까지 가게 되는 과정에서 겪게 될 성적 충동의 더 중요한 부분도 설명이 된다.

키스 – 서로를 받아들임

손에 스푼을 든 여자가 최근에 언니와 함께 스페인으로 휴가를 다녀온 얘기를 풀어놓는다. 바르셀로나에서 미스 반 데어 로에Mies van der Rohe가 설계한 건물을 봤고, 모로코식 해산물 요리 전문식당에도 가봤다는 등등의 이야기를 이어간다. 그때 나란히 앉아 있던 남자는 자신의 다리와 맞닿은 여자의 다리에 온 신경이 몰리면서, 심지어 스커트 밑단 쪽 스타킹의 탄력까지도 느끼고 있다.

잠시 후, 여자가 스페인의 천재 건축가 가우디Antoni Gaudi i Cornet의 일화를 한창 이야기하는 찰나, 남자가 얼굴을 돌려 여자의 얼굴을 마주본다. 남자는 여자가 질색하거나 싫어하는 기색이 조금이라도 보이면 즉시 단념할 각오로 초조해하지만, 황홀하게도 남자의 유혹에 여자가 부드러운 미소로 반갑게 화답해준다. 여자가 눈을 감고 이제 두 사람은 서로의 입술을 통해 촉촉한 살을 맞대며 특별하고도 예상치 못했던 결합을 경험한다.

이런 짜릿한 순간을 이해하려면 먼저 짚고 넘어가야 할 부분이 있다. 전후사정을 좀 더 확대해서 생각해보자. 언제나 키스를 가로막는 요인이 되는 '무관심' 극복하기 말이다. 당연한 얘기지만, 평소에 우리와 눈을 마주치는 사람들 대부분은 우리와 섹스를 하는 데 별 관심이 없을 뿐만 아니라 그런 것을 생각하는 것조차 질색한다. 그래서 우리는 상대방의 개인영역을 침범할 의도가 없음을 분명히 해두기 위해 언제나 사람들과 60센티미터, 혹은 가급적 90센티미터쯤 떨어져 있을 수밖에 없다.

그러다 갑자기 키스의 순간이 찾아온다. 입 안의 지극히 개인적인 영역, 다시 말해 치과의사가 아니면 아무도 함부로 접근하지 못하는 어둡고 촉촉한 공동이자, 혀의 지배를 받으며 고래의 뱃속처럼 고요함에 싸여 있는 그 미지의 소우주가, 이제 다른 존재에게 자신을 열어주려 한다. 자신과 똑같이 생긴 짝을 만나게 될 거라고는 기대조차 못했던 혀가 조심조심 그 짝에게 다가간다. 그러고는 자신들의 땅에 최초로 발을 디딘 유럽 탐험가를 맞는 남태평양 제도의 주민들이 가졌을 법한 경계심과 호기심을 품고 점점 가까이 다가간다. 여태껏 혼자라고 생각해왔던 혀는 이렇게 해서 자신이 짝을 가졌다는 사실을 알게 된다. 두 혀는 서로 얽혀 조심스레 춤을 춘다. 한 사람이 상대의 이를 자기 이라도 되는 양 핥기도 하면서.

　이제까지의 이야기에 혐오감이 치밀었을지도 모르겠다. 바로 그것이 핵심이다. 가당치 않은 이성을 만나 그것을 한다면 얼마나 싫겠는가? 그러한 반감이 없다면 짜릿함도 없다. 그리고 그러한 반감이 바로 에로틱한 순간을 더더욱 강렬하게 만들어준다. 반감이 절정에 달하는 바로 그 지점에서, 우리는 상대로부터 환영과 허락을 받아낸다. 그뿐 아니라 두 사람만이 가진 배타적 결합의 특권성도 단단하게 봉인된다. 만약 지금 이 사람이 아닌 다른 누군가를 만났을 때, 그(혹은 그녀)가 두 사람 모두에게 반감을 느끼게 할 만한 어떤 행동을 했다고 가정해보면, 그 싫은 행동에 대한 반감이 크면 클수록 두 사람의 결합은 더더욱 견고해지는 것이다.

　한편 허락의 신호가 지금의 우리와는 완전히 딴판인 다른 문화권에 살고 있더라도, 가령 서로에 대한 호감의 신호를 보내고 싶을 때 같이 파파야를 먹거나 서로의 엄지발톱을 만지는 문화에 살고 있다 하더라도, 이런 행동들 역시 성적인 자극을 주게 될 것이다. 키스의 짜릿함은 입술의 감각수용체 덕분이지만, 여기에서 간과해서는 안 되는 것이 있다. 사실, 키스에서 느끼는 흥분의 상당 부분은 육체적 행위의 차원과는 별로 상관이 없다. 오히려 상대방이 자신을 정말 많이 좋아하고 있다는 메시지를 깨달으면서 흥분이 생겨난다. 이런 메시지는 키스가 아닌 다른 매개를 통해 전해지더라도 마찬가지의 황홀감을 준다. 우리의 흥미를 끄는 것은 키스 자체가 아니라 키스에 담긴 의미이기 때문이다. 그러므로 누군가에게 키스하고 싶은 마음이 들었더라도, 그런 마음을 밝히고 나서 단호히 접을 수도 있다. 이를테면, 두 사람이 이미 다른 사람과 결혼한 경우라면 말이다(그렇게 단념하는 것이 당연하겠지만). 상대를 좋아한다는 고백은 그 자체로 무척 에로틱해서 종종 실제로 키스를 해야 할 필요성을 거의 완전히 없애주기도 한다.

옷을 벗다 – 수치심 접기

남녀가 차를 몰고 여자의 아파트로 간다. 남자에게는 낯선 동네다. 여자의 아파트에 다다른 두 사람은 조용히 3층으로 올라간다. 집 안에 들어서니 젖힌 커튼 사이로 가로등 불빛이 비치면서 침실이 주황색으로 은은하게 물들어 있다.

두 사람은 싱크대 옆에서 또 한 번 키스를 나눈다. 단둘이 되자 대범해진 남자가 여자의 베이지색 블라우스의 단추를 풀고 여자도 남자의 푸른색 와이셔츠 단추를 끄른다. 두 사람의 몸짓이 점점 조급해진다. 남자가 여자의 등 뒤로 팔을 감으며 브래지어의 후크를 풀려고 하지만 잘 안 되어서 애를 먹는다. 여자는 서툰 남자에게 괜찮다는 듯 미소를 지어주며 손을 등 뒤로 돌려 남자를 도와준다. 잠시 뒤, 두 사람은 처음으로 서로의 알몸을 보게 되고 서로의 허벅지, 엉덩이, 어깨, 배, 젖꼭지를 부드럽게 애무하기 시작한다.

창세기를 보면, 조물주가 아담과 이브를 에덴동산에서 추방할 때 큰 벌을 내렸는데, 그 벌 가운데 하나가 육체에 대한 수치심이었다. 유대교와 기독교의 신 여호와는 두 사람을 괘씸하게 여겨 영원히 벌 거벗은 몸을 창피해하며 사는 운명을 주었다. 이런 식의 성서적 기원을 어떻게 해석하든 그것은 자유이지만, 한 가지는 분명하다. 우리가 옷을 입는 것은 단지 비바람으로부터 몸을 보호하기 위해서만이 아니라는 것이다. 맨살을 내보였다가 남들에게 혐오감을 일으킬까 봐 두려워서이기도 하다. 어쩌면 후자가 더 중요한 이유일지도 모른다.

"나는 내 몸이 정말이지 마음에 쏙 들어!"라고 말하는 사람은 거의 없다. 일생 중에 외모가 가장 매력적이고, 건강의 절정을 누리는 젊은 사람들조차도, 자신의 몸에서 바꾸고 싶은 점들을 줄줄이 늘어놓는다. 하지만 이런 불만은, '외모적 혐오'보다는 '존재적 혐오'와 더 밀접하게 연결되어 있다. 다 큰 성인이 어떤 식으로든 알몸을(말하자면, 섹스를 열망하고 섹스를 할 수 있는 몸을) 보이게 되면, 보는 사람으로서는 근본적으로 어쩐지 당혹스러운 측면이 있기 마련이니까.

그렇다고 우리가 태어날 때부터 그랬던 것은 아니다. 수치심은 사춘기부터 생겨난다. 몸이 성숙해져서 육체적으로 섹스를 할 수 있게 되면, 아무한테나 함부로 몸을 노출시켰다간 음탕한 사람으로 취급받을 각오를 해야 한다.

그러면 이때부터 분열이 시작된다. 사람들 앞에 보이는 평범한 모습의 자아와, 성욕을 품고 있는 내밀한 모습의 자아로 분열되는 것이다. 성적 판타지에서부터 다리 사이의 그곳에 이르기까지, 성인이 되면서 갖게 되는 본성과 관련된 것 대부분은 아무리 친한 사이라도 좀처럼 나눌 수 없는 이야기가 되고 만다.

다시, 여자의 손가락을 격정적으로 빨아주고 있는, 아까 그 커플의 남자 얘기로 돌아가보자. 이 남자의 경우 자아의 분열과 수치심을 지각하게 된 것은 열네 살 중반이었다. 열네 살의 남자는 얼마 전까지만 해도 남동생과 사랑하는 할머니와 함께 정원에서 서부극 놀이를 하며 신나게 놀았는데, 어느 날부터인가 자꾸만 자기 방에 틀어박혀 있고 싶어졌다. 그렇게 자기 방에서 커튼으로 창을 가리고 잡화점에서 흘 끗 봤던 어떤 여자의 옆모습을 떠올리며 자위를 할 때가 많아졌다.

남들의 눈에 좋게 비칠 모범적인 모습과 비교해보면 남자의 욕망 은 스스로도 용납하기 힘들었다. 시대적인 기준으로 보면, 좋아하는 여자친구의 손을 잡고 싶어 하거나, 심지어 키스하고 싶다는 생각 정 도까지는 묵인되었다. 하지만 남자가 날마다 상상 속에서 펼치는 탈 선과 비행은 그런 순진한 행위들과 비교하면 경악스러운 수준이었다.

그런데다 얼마 지나지 않아 그 수준이 더욱 심각해졌다. 남자는 난 교파티와 항문섹스를 상상하는가 하면, 눈에 불을 켜고 포르노 영화 를 구해 봤고, 수학 선생님과 성관계를 하는 음탕한 공상에 빠져들기 까지 했다. 이런 와중에서도 남자는 여전히 품행이 단정한 모범생으 로 지냈다. 어떻게 그럴 수 있었을까? 남자의 수치심이 남자의 내면에 누구에게도 절대 소개시켜주기 두려운 자아를 키워냈기 때문이다.

지금 남자 앞에서 무릎을 꿇고 있는, 그 여자도 비슷한 경험을 치 렀다. 열세 살 때였다. 그 전까지만 해도 뜨개질과 승마를 즐기고, 엄 마와 바나나빵 만들기를 좋아했던 여자는, 거의 하룻밤 사이에 단 한 가지 오락거리에 빠지게 되었다. 바로 욕실에 들어가 문을 걸어 잠그 고 바닥에 누워 바지를 내리고 전신 거울 앞에서 자위를 하는 것. 여자는 생각했다. '나를 아는 사람들은 내가 이러는 줄은 꿈에도 모르겠지? 내 이런 모습까지 다 용납해줄 수 있는 사람이 있을까?' 오르가슴에 달한 후에 기운이 빠지고 죄책감에 휩싸인 여자는, 신에게 벌을 받은 이브가 에덴동산을 떠날 때 느꼈을 법한 고통을 어렴풋하게나마 알 것 같았다.

따라서 지금 침실에서 두 사람 사이에 벌어지는 일은, 각자가 내밀하게 간직해온 성적 자아들이 마침내 죄스러운 고독에서 벗어나, 서로를 받아들이는 행위인 셈이다. 두 사람은 무언의 합의를 한다. 각자의 신체형상과 육체적 열망이 놀랍도록 별나더라도 서로에게 아무 말도 하지 않기로. 그리고 한때 너무나도 수치스럽게 여겼던 것들을 수치심 없이 받아들이기로.

두 사람은 애무를 통해, 별나긴 하지만 서로 조화를 이루는 방향으로 순순히 나아간다. 그들이 하려는 것은 문명세계로부터 기대되는 행동과는 뚜렷하게 대립된다. 가령 할머니 세대의 사람들은 생각조차 하지 못하던 애무다. 하지만 그것이 더 이상 망측하거나 괴상한 짓으로 생각되지는 않는다. 어슴푸레한 어둠 속에서, 마침내 커플은 몸이 바라는 여러 가지 놀랍고도 미친 듯한 일들에 자신들을 온전히 내맡기게 된다.

섹스 중에 우리는
평상시와는 다른 모습으로
잠깐 동안 돌아간다.

마사초Masaccio, '낙원에서 쫓겨나는 아담과 이브Adam and Eve Banished from Paradise',
1427년 경 작품.

흥분 – 확실성

커플은 이제 침대에 누워 서로를 더 격정적으로 애무한다. 이윽고 남자가 여자의 몸 위로 살며시 올라타며 여자의 다리 사이로 삽입을 한다. 남자는 여자가 축축이 젖어 있는 것에 격한 환희를 느낀다. 바로 그 순간, 남자에게 팔을 두르고 있던 여자도 남자의 딱딱해진 페니스에 똑같은 만족감을 느낀다.

이와 같은 생리적 반응들에 큰 만족감을 느끼는 이유, 다시 말해 만족스러운 동시에 아주 에로틱하기도 한 이유는 뭘까? 그러한 생리적 반응들은 논리나 이성의 조종능력이 손톱만큼도 미치지 못하는 승낙의 표시이기 때문이다. 발기와 애액은 의지력과는 전혀 무관하며, 따라서 흥미의 지침으로서 그 무엇보다 진실하고 솔직한 신호다. 거짓 열정이 넘쳐나는 이 세상에서, 우리는 상대방이 우리를 진짜로 좋아하는지, 아니면 단순히 의무감 때문에 친절을 베푸는 것인지 분간하기 힘들 때가 많다. 그런 세상 속에서, 애액으로 젖은 질과 뻣뻣하게 선 페니스는 진심을 모호하지 않게, 아주 확실히 전해주는 매개물인 셈이다.

이런 무의식적인 반응들이 너무나 기뻤던 나머지, 우리의 커플은 사랑을 나눈 후에 아까 카페에서 특정한 신체적인 반응이 없었는지 서로를 떠볼지도 모른다. 이렇게 말이다.

남자가 조금은 짓궂은 표정을 지으며 슬쩍 묻는다. 언니와 바르셀로나에 여행 갔던 얘기를 하는 동안 거기가 축축하게 젖지 않았느냐고. 여자가 미소를 지으며 그랬다고 대답한다. 정말로 카페에 있던 내내, 심지어 자리를 잡고 앉아서 음료와 아이스크림을 주문하던 순간에도 그랬다고. 그 말에 남자도 실토한다. 자기도 바지 안에서 페니스가 빳빳해져 있었다고. 카페에서 두 사람은 겉으로는 분별 있는 대화를 나누면서 드러내지 않았을 뿐, 마음속으로는 서로 다음 단계의 흥분으로 나아갔다. 표면적인 사회적 상호작용을 앞질러 몸은 이미 격정적으로 욕망을 체험하고 있었던 것이다.

섹스가 우리의 이성적 자아를 압도하는 순간, 사람들은 저마다 꿈꿔온 성적 판타지에 빠지기도 한다.

몇 주가 지난 뒤, 우리의 커플은 주말에 바닷가로 놀러간다. 낮 동안 일광욕과 수영을 즐긴 후, 저녁 때 호텔에 들어온 두 사람은 나란히 침대에 누워 두런두런 이야기를 나누다 성적 판타지에 대한 얘기를 하게 되었다. 그런데 알고 보니 두 사람 모두 제복에 대한 판타지가 있었다. 남자는 흰색 유니폼을 입은 품위 있고 정숙한 간호사를 상상하면 정말 흥분된다고 털어놓는다. 여자도 솔직히 고백하길, 창밖을 내다보다가 이따금씩 세련된 모직 양복을 입은 남자들이 지나가면 흥분된다고 말한다. 옷을 잘 차려입은 젊은 임원 타입의 남자가 서류가방과 〈파이낸셜 타임스Financial Times〉를 들고 진지한 표정으로 무언가를 골똘히 생각하며 지나갈 때면 특히 더 설렌다고.

이런 제복에 대한 성적 판타지는, 제복이 상징하는 이성의 통제, 그리고 잠시 동안 환상 속에서만 주도권을 잡을 수 있는 억제되지 않는 성욕 사이의 격차에서 비롯된다. 당연한 얘기지만 대부분의 경우, 우리가 일상생활에서 접촉하게 되는 사람들(의사나 간호사부터 투자상담사나 세무사에 이르기까지)은 우리와 얘기를 나누는 동안 그곳이 젖거나 딱딱해지지 않는다. 심지어 우리에게 별 관심도 없거니와, 우리를 위해 일부러 진료를 중단하거나 회의를 취소할 만큼 신경을 써줄 턱도 없다. 이런 사무적인 무관심 앞에서 우리는 간혹 마음에 상처를 입거나 모욕감을 느끼곤 한다.

그런데 환상이라는 특별한 힘에 기대면, 일상을 뒤집고 삶의 우선순위를 바꿀 수 있다. 환상 속의 섹스 게임을 통해 대본을 다시 쓸 수 있다는 말이다. 가령 간호사가 우리와 사랑을 나누고 싶어 몸이 달아 자기가 혈액샘플을 채취하러 온 것도 잊어버린다거나, 투자상담사가 이번만은 돈이고 나발이고 필요 없다며 책상 위의 서류들과 컴퓨터를 밀어내고는 다짜고짜 키스를 하며 달려든다는 둥, 얼마든지 대본을 바꿀 수 있다. 이렇게 상상 속의 병원 화장실이나 회계사 사무실 벽장 바닥에서 격정적인 섹스를 하는 사이에, 적어도 상징적으로나마 친밀감이 지위나 격식, 책임감을 이긴다.

현실에는 격식을 갖춰야 하는 상황이 많다. 그런데 그런 수많은 격식들은 그 자체로서 자연스럽게 뜻밖의 성적 판타지를 싹틔울 여지를 허락한다. 규칙을 깨는 연상작용에 의해 제복이 성욕을 일으키는 것도 그 때문이다. 남들의 눈에 잘 안 띄는 도서관 구석이나 고급 레스토랑의 화장실, 또는 열차의 객실 안에서 섹스하는 상상 역시 그와 비슷한 이유로 흥분을 불러일으킨다.

이런 식의 반항적 일탈은 단순히 성적 판타지의 차원을 넘어서서, 어떤 권한을 느끼게 해준다. 비즈니스 승객들로 가득한 비행기 내의 화장실에서 섹스를 한다고 상상해보라. 그런 상상은 이성이 지배하는 상황에서 통상적으로 지켜져야 하는 위계를 뒤집는다. 그리고 대체로 냉담한 규율이 개인의 소망과 바람을 지배하는 분위기 속으로 열망을 끌어들이려는 시도이기도 하다.

고도 1만 600미터 상공의 기내는 사무실처럼 숨 막히는 공간이지만, 그런 성냥갑 같은 곳에서 위계가 아니라 친밀감이 승리했으므로, 그 승리는 더 달콤하고 그만큼 쾌감도 더 짜릿하다. 이와 같은 비행기 화장실 안에서의 시나리오에 대해 흔히 '섹시하다'고들 말하지만, 그 표현에 내포된 진정한 의미는 따로 있다. 그것은 바로 비행기 안에서 느낀 위압적인 소외감을 극복한 것에 대한 흥분이다.

성적 판타지나 동경은 격식과 친밀감이 만나는 교차점에서 가장 뚜렷하게 나타나는 듯하다. 사회적 통제에서 벗어나는 경이로운 느낌을 제대로 느껴보기 위해서 관습에 대해 각성해봐야 하는 것처럼 말이다. 바로 그런 이유로 새로운 누군가와 첫날밤을 보낸 기억은 그런 대조가 가장 생생할 때 호소력이 있다. 또한, 슬픈 얘기지만, 바로 이런 이유 때문에 누드 해변에서는 성적 자극이 떨어진다. 미친 듯이 좋아할 때는 언제고, 그새 배은망덕하게 식상해져버릴 위험이 다분한 오래된 연인 사이에서 알몸을 아무렇지 않게 내보이는 경우에도 마찬가지다.

무례함-사랑

서로 사랑을 나누던 어느 순간, 연인들이 때때로 그러하듯 여자가 미묘한 무언의 언어로 남자에게 전한다. 머리칼을 잡아당겨 주었으

52

비행기 안에서
사랑을
나누기에
가장 좋은 장소.

면 좋겠다고. 남자는 처음엔 그것이 그다지 '괜찮은' 행동이 아닌 것 같아 주저하지만, 아무래도 여자는 '괜찮다'는 말의 표준적 정의에 대해 더 이상 흥미가 없는 듯하다.

어쩔 수 없이 남자는 여자의 밤색 머리칼을 약간만 움켜잡고 성교의 리듬에 맞춰 거칠게 잡아당겨 본다. 여자의 흥분에 용기를 얻은 남자는, 이제 과감히 여자에게 그런 무례를 가한다. 남자의 이런 행동은, 어느 정도는 여자를 사랑하는 마음 때문이다. 남자와 똑같은 사랑으로, 그리고 흥분의 정점에서, 여자는 남자를 나쁜 남자라고, 잔인하고 무례한 난폭자라고 욕한다. 남자가 이번엔 여자의 어깨를 거칠게 움켜쥔다. 다음 날이면 여자의 등에는 할퀴어진 자국이 선명하게 남을 것이다.

일상생활 속에서 우리는 언제 어디서나 예의 바르게 행동해야 한다고 끊임없이 강요받는다. 보통은 공격성, 무분별함, 탐욕, 경멸 등 우리의 내면에 도사린, 의심의 여지없이 '악한' 본성을 꾹 참고 억누르지 않으면, 누구에게도 관심이나 애정을 얻지 못한다. 주위 사람들로부터 호감을 얻으면서, 동시에 자신의 생각과 기분을 거리낌 없이 모조리 드러내길 바라는 것은 무리다. 그런 까닭에 섹스를 통해 우리의 내밀한 자아를 드러내 보이고 또 인정받게 되는 순간, 우리는 성적 흥분(정확히 말하면 감정적 만족)을 느끼게 된다.

우리는 우리의 선량한 본성을 털끝만큼도 의심하지 않는 누군가와 있을 때, 다른 사람들 앞에서는 창피해서 보여줄 수 없는 모습까지 드러낼 수 있는 용기를 얻는다. 다른 사람들이 보면 미쳤다고 욕하기 딱 좋을 듯한 말이나 몸짓도 과감히 내보이게 되는 것이다. 가령 침대에서 파트너의 뺨을 세게 때리거나, 두 손으로 목을 살짝 조르는 것을 애정표현으로 여기는 일면까지 내보일 수 있다. 그러면 파트너는 그에 대해 확실한 의사표시를 해준다. 우리가 본질적으로 선량한 사람임을 알고 있다고 말이다.

우리에게 어두운 일면들이 있다는 것이 파트너에게는 별로 중요하지 않다. 이상적인 부모가 그러하듯, 우리의 전체적인 모습을 균형 있게 바라보면서 우리가 본질적으로는 선하다는 것을 알아봐준다. 그리고 무엇이든 기꺼이 받아들이려는 관대한 연인으로서, 우리가 상상할 수 있는 최악의 일들을 말하거나 행동하도록 유인해준다. 그럴 때 우리는 자기 자신에 대한 만족감을 느낄 수 있는 각별한 기회를 선물로 받는다.

한편, 이런 식의 과격함과 무례함을 받아들여야 하는 입장에 놓인다면 어떨까? 그렇더라도 상대에 못지않은 쾌감을 느낄 수 있다. 무례함, 상처, 굴욕을 어느 정도, 혹은 어떤 수준으로 당할 것인지를 스스로가 정할 수 있다는 점에서, 자신이 칼자루를 쥔 것과 같은 우쭐한 감정까지도 누릴 수 있다.

살다 보면 일상에서 남들에게 냉대받는 경우가 허다하다. 또한 상사의 악의적인 결정을 억지로 따라야 할 때도 숱하게 많다. 그런데 무례함을 선택적으로 받아들이는 상황을 통해 힘의 역학을 드라마틱하게 바꿔본다면 어떻게 될까? 전적으로 우리 자신이 설계한 환경에서, 그것도 마침 본질적으로 착하고 선량한 누군가의 앞에서, 자발적으로 우리 자신을 복종시킴으로써 진정한 해방감을 맛보게 될 수도 있다. 자신의 자발적 의지에 따라 따귀를 맞고 모욕을 당함으로써 자신이 나약하다는 생각을 떨치게 되며, 누군가가 자신에게 가할 수 있는 최악의 무례함에 맞섬으로써, 그리고 그것을 견뎌냄으로써, 자신이 강인한 사람이 된 듯한 뿌듯함도 누리게 된다.

연인 사이의 충성스러운 애착은, 무례함의 강도가 높아질수록 더 강해지는 경향을 보인다. 다시 말해 우리가 일상적으로 살아가는, 거대하고 비판적인 사회의 기준에 비추어 볼 때, 그 무례함이 더 놀랍고 경악스럽게 여겨질수록, 연인들끼리는 두 사람만이 승인한 낙원을 짓는 듯한 기분이 더 강하게 느껴진다. 이런 무례함은 진화생물학의 관점에서 보면 도저히 이해할 수 없는 것이다. 심리학의 프레임을 통해 들여다봐야만, 따귀를 맞고, 숨이 반쯤 넘어가도록 목이 졸리고, 침대에 묶여 강간당하다시피 다루어지는 그런 행위가 일종의 승낙의 증거라는 사실이 차츰 이해된다.

섹스는 고통스러운 이분법, 즉 우리 모두가 유년기 이후에 익숙해지는 '불결함'과 '순수함'의 이분법에서 잠시 벗어나게 해준다. 섹스는 우리의 자아 중에서 가장 명백하게 더럽혀진 측면을 그 과정에 끌어들이고, 그럼으로써 그 불결한 측면을 가치 있는 것으로 거듭나게 해주며, 결국 우리의 자아를 정화시켜준다.

그런데 여기서 자아를 정화시켜준다는 말은 대체 무슨 뜻일까? 구체적인 사례를 하나 들어보자면 이렇다. 얼굴, 그러니까 우리 몸에서 가장 공개적이고 고상한 부분인 얼굴을 연인의 가장 은밀하고 '불결한' 부분에 가져다 대고 열정적으로 키스하고 빨고 혀를 집어넣으면서, 상징적으로 연인의 자아 전체를 받아들여줄 때가 바로 그런 정화의 순간인 셈이다. 가톨릭 사제가 죄를 참회하는 수많은 고해자의 머리에 순결한 입맞춤을 해줌으로써 그를 가톨릭 교회의 품안으로 다시 받아들이는 것처럼.

페티시즘 - 선량함

우리의 커플은 둘 다 페티시fetish 성향이 있었다. 사랑을 나누던 중 서로의 그런 성향을 알아챈 두 사람은 섹스를 할 때 각자의 페티시를 포함시켜 흥분을 배가시켰다.

'페티시'라는 말을 들으면 사람들은 흔히 극단적인 이미지를 먼저 떠올린다. 특정 신체 부위나 특별한 의상, 이를테면 긴 손톱, 가죽 브래지어, 마스크, 체인, 그물 스타킹을 연상하며, 정신병으로 치부하기도 한다. 하지만 우리의 커플은 좀 다르다.

임상적 의미에서 정의하자면, 페티시는 어떤 사람이 오르가슴에 이르기 위해서 꼭 필요한 요소로서, 그 요소가 사실상 아주 유별난 편에 속하는 경우를 전형적으로 일컫는다.

페티시 연구의 선구자이자, 그 방면에서 가장 유명한 사람으로는 리하르트 폰 크라프트에빙Richard von Krafft-Ebing이 꼽힌다. 그는 오스트리아계 독일인으로 의사이자 성과학자인데, 그가 1886년에 펴낸《성적 정신병질Psychopathia Sexualis》을 보면 페티시의 종류가 무려 230가지에 이른다. 몇 가지만 예를 들면, 스티그마토필리아stigmatophilia는 문신이나 피어싱에 대한 집착이고, 다크라이필리아dacryphilia는 눈물에 대한 집착, 포도필리아podophilia는 발에 대한 집착, 스테노레지니아sthenolagnia는 근육에 대한 집착, 틸프소시스thilpsosis는 꼬집히는 것에 대한 집착이다.

이런 극단적 사례들을 보면 미친 사람들만 페티시 성향을 갖는다고 생각하기 쉽지만, 그것은 두말할 필요도 없는 명백한 착각이다. 세상에는 극단적이거나 이해할 수 없는 페티시만 존재하는 것은 아니다. 알고 보면 누구나 이런저런 식으로 페티시스트다. 다만, 대다수의 사람들은 그 성향이 다소 온건한 편이어서, 애착을 느끼는 그 대상물에 의지하지 않고도 성관계를 잘 해내는 것뿐이다. 이렇게 의미를 확대해보면, 특정 종류의 옷이나 다른 사람의 신체 부위와 관련된(즉, 가장 빈번한 경우의) 페티시는 사소한 문제에 지나지 않는다.

또한 조금 더 깊이 따져보면, 페티시는 인간의 본성이 가진 바람직한 측면을 부각시키기도 한다. 그런 애착을 갖게 된 정확한 원인이 불분명한 경우도 있지만, 대부분은 어린 시절의 어떤 상황이나 사건과 관련이 깊다. 가령 애착을 가진 특정한 대상물이 사랑하는 부모님의 모습 중에서 특히 좋아했던 모습을 떠오르게 해줄 수도 있다. 아니면 반대로 어린 시절에 경험한 굴욕이나 공포의 기억을 어떤 식으로든 상쇄시켜주거나, 그 기억에서 도망가게 해주어서 그럴 수도 있다.

이런 의미에서 보면, 자신의 애착 성향을 이해하는 일은 매우 중요하다. 자기인식이나 직업선택, 자서전 쓰기 같은 일을 수행할 때 반드시 거쳐야 할 과정으로 인정받아 마땅하다고 본다. 프로이트가 꿈에 대해 정의한 말을 성적 페티시에도 그대로 적용할 수 있지 않을까? '페티시는 무의식으로 이르는 지름길'이라고 말이다.

그렇다면 우리의 커플은 어떤 것에 애착을 가졌을까? 남자는 특정 스타일의 구두에 대해 페티시를 가지고 있다.

어느 날 저녁, 여자가 신고 나온 실용적인 로퍼를 보고 남자는 꽤 흥분을 느꼈다. 굽이 낮은 까만색 로퍼였는데, 도서관 사서들이나 공부 잘하는 여학생들이 신을 법한 얌전한 스타일로 이탈리아 브랜드 마르니Marni의 구두였다. 그리고 여자의 침대에서 사랑을 나누는 동안, 두 사람은 모두 완전히 알몸이었지만 남자는 여자에게 그 구두를 다시 신어줄 수 있겠느냐고 부탁한다. 그렇게 해주면 더 짜릿해질 것 같다며.

남자가 왜 까만색 로퍼에 흥분하는지를 설명하기 위해서는 남자의 과거를 낱낱이 되짚어봐야 한다. 잘나가는 여배우였던 남자의 어머니는 화려하고 야한 옷을 즐겨 입었다. 특히 표범가죽 무늬의 의상과 자주색 매니큐어, 아찔한 굽의 스틸레토힐이라면 사족을 못 썼다.

하지만, 지금부터가 정말 중요한 대목인데, 남자의 어머니는 드러내놓고 아들을 탐탁지 않게 여겼다. 남자에게 칭찬 한마디도 해준 적이 없었을 뿐만 아니라, 단 한 번도 애정을 표현해준 적이 없었다. 애정표현은커녕 남자의 누나와 수시로 바뀌는 누나의 연인들에게만 관심을 쏟았다. 남자가 어렸을 때도 어머니는 늘 냉담하고 쌀쌀맞았다. 침대 머리맡에서 동화책을 읽어주거나, 남자의 테디베어 인형들에게 입혀줄 겨울 옷을 털실로 떠주는 일도 없었다. 어른이 된 지금도 남자는 자기중심적이고 매정한 여자들을 보면 어머니가 떠올라 내심 거부감이 들곤 했다.

스스로는 명확하게 인식하지 못했지만, 이런 심리적 내력은 어딜 가든 남자를 따라다니는 필터가 되었다. 그래서 그 필터를 통해서 신발을 보고, 더 나아가 그 신발을 신은 여자들을 보았던 것이다. 이를테면, 그날 데이트에서 여자가 마놀로 블라닉Manolo blahnik이나 지미

추Jimmy Choo를 신고 나왔다면 상황은 완전히 달라졌을 것이다. 결국 두 사람이 함께 침대까지 가더라도, 남자의 그것이 말을 듣지 않았을지도 모를 일이다. 하지만 여자가 신고 나온 소박한 로퍼는 길에서 처음 본 순간도, 그리고 침대 위에서도 남자에게 더없이 환상적이다.

여자의 로퍼에는 남자가 데이트 파트너에게서 찾고 싶어 하는 특징이 모두 응축되어 있다. 다시 말해, 길이가 정확히 22센티미터인 갸름하게 잘 빠진 가죽 구두 한 켤레를 통해 남자는 이상적인 여성상을 발견한 것이다. 분별력, 자제심, 단정함, 겸손함, 그리고 자신의 성격과 잘 어울리는 차분함과 어느 정도의 수줍음을 갖춘 여성상 말이다. 남자는 그 구두의 주인과 사랑을 나눌 수도 있지만, 상황이 허락된다면(예를 들어, 여자가 출장을 떠나고 남자 혼자 여자의 집을 봐주게 된다면) 남자는 그 구두만으로도 어렵지 않게 오르가슴에 이를 수 있다.

한편 여자도 자신만의 페티시가 있다. 여자의 경우엔 남자의 손목시계에 끌린다. 가죽 줄이 해진, 낡고 오래된 시계다. 여자는 사랑을 나누는 동안 그 시계 쪽으로 자꾸만 눈길을 돌렸다. 그러다 어느 순간엔 남자의 팔을 끌어당겨 자신의 다리 사이에 넣고, 피부에 닿은 금속과 유리의 감촉을 느꼈다. 그 감각만으로도 여자는 찌릿찌릿한 흥분을 느꼈다.

여자는 왜 손목시계에 애착을 가지게 되었을까? 여자의 아버지가 비슷한 시계를 찼었다. 여자의 아버지는 다정하고 재미있고 실력 있는 의사였다. 하지만 여자가 열두 살 때 돌아가시면서 여자의 마음 한구석에 채워지지 않는 빈자리를 남겼고, 여자는 어른이 된 이후로 어떤 식으로든 아버지 특유의 분위기와 체취를 떠오르게 하는 남자들에게 관심을 갖곤 했다. 여자는 남자의 손목시계를 볼 때면 젖꼭지가 뻣뻣하게 선다. 시계가 잠재의식에 신호를 보내오기 때문이다. 지금 침대 위에서 뒹구는 새 연인이 여자가 세상에서 가장 존경하는 사람과 공통점이 아주 많을지도 모른다는 신호 말이다.

손목시계 얘기가 나와서 하는 말인데, 남자에게도 손목과 관련된 페티시가 있다. 남자는 여자와 첫 키스를 한 후에 여자가 왼쪽 손목에 차고 있던 고무 밴드에 눈길이 갔다. 참고로 크라프트에빙도 미처 이 부분까지는 다루지 못했고, '밴도필리아bandophilia'라는 것이 아직 하나의 증후군으로 정식으로 인정받은 것도 아니다.

하지만 이러한 사실은 페티시즘에 대한 연구가 아직도 얼마나 미흡한지, 연구해야 할 부분이 얼마나 많은지에 대한 증거일 뿐이다.

선Good의 상징으로서
우리를
흥분시키는 물건들.

뿐만 아니라, 포르노 작가들이 아직 더 많은 연구를 해야 한다는 증거이기도 하다. 포르노 사이트와 포르노 영화에 등장하는 페티시를 보면 그 상상력의 범위가 통탄스러울 만큼 좁아서 하는 얘기다. 페티시의 분야별로 웹사이트들이 더 많이 생기면 어떨까? 몇 가지만 예를 들자면, 카디건에 흥분하는 사람들을 위한 사이트라든가, 붉게 달아오른 얼굴이나 책 읽는 모습에 흥분하는 사람들을 위한 사이트 등이 더 생겨야 한다.

다시 고무 밴드 얘기로 돌아가보자. 남자가 고무 밴드를 좋아하는 이유는, 손목에 차고 있는 고무 밴드가 발랄하고 격의 없으며 중성적이고 힘차 보이기 때문이다. 손목에 그런 고무 밴드를 찬 사람이라면, 최신 유행 스타일 따위에 얽매이지 않고, 남들이 시시하게 여기는 낡고 소박한 것에도 깊은 관심을 보일 만큼 자유로운 정신을 가졌을 것 같다. 이번에도 남자는 어머니의 그늘에서 해방시켜주는 무언가에 성적 흥분을 느낀 셈이다. 남자의 어머니는 명품 숍에서 산 보석만 하고 다녔는데, 그것들은 대부분 남자의 아버지가 아닌 불륜 관계의 남자들이 사준 것이었다.

플라톤의《향연》을 보면, 소크라테스가 만찬 자리에서 벌인, 사랑에 대한 유명한 토론이 나온다. 의도치 않게 불쑥 나온 말인 듯싶긴

하지만, 어쨌든 그 토론에서도 페티시에 대한 흥미롭고도 돌발적인 설명이 나온다.

플라톤은 아리스토파네스를 자신의 대변자로 삼고 훗날 '사랑의 사다리Ladder of Love'라고 일컬어지는 이론을 설파한다. 이 이론에 따르면, 우리가 시각을 통해 마음이 끌리는 것은(그것이 무엇이든 간에) 궁극적으로 단순한 시각의 차원이나 물질의 차원을 넘어서, 플라톤이 말하는 이른바 '선Good'이라는 더 폭넓고 긍정적인 범주로 우리를 이끌어준다.

물질세계를 관념과 미덕의 세계로 이어주는 이런 '사랑의 사다리 오르기 이론'은 페티시에 구원의 빛줄기를 던져준다. 단지 성적이라는 이유만으로 하찮고 대수롭지 않게 취급받아온 페티시를 우울한 해석에서 해방시켜준 것이다. 플라톤의 철학 덕분에, 예쁜 로퍼 한 켤레와 멋진 빈티지 시계, 혹은 고무 밴드가 시시한 것 신세를 면하게 되었다. 그것들은 부적절한 욕망이나 걱정을 일으키는 것 외는 아무 짝에도 쓸모없는 그런 존재가 아니다. 쓸모없기는커녕, 모든 페티시는 타인에 대한 사랑을 가장 위대한 경지로 격상시켜주기 위해 사다리의 맨 아랫자리를 당당히 지키고 있는 희생적이고 고귀한 존재다. 즉, 우리가 페티시에 흥분하는 이유는 그것이 '선'의 상징이기 때문이다.

오르가슴 - 유토피아

이제까지 언급한 우리의 커플이 절정의 순간에 이르며 즐기는 오르가슴은 단순히 육체적인 감각만은 아니다. 단지 종의 번식을 명하는 생물학적 명령에 따라 두 성기가 서로 마찰하고 누름으로써 일어나는 감각만이 아니라는 뜻이다. 섹스를 통해 얻는 쾌감은 다른 사람에게서 자신의 존재를 발견하는 과정, 그리고 행복한 삶의 요소들을 인정하고 확실히 받아들이는 과정과도 밀접한 관련이 있다. 성적 흥분이란, 자신의 가치와 존재의 의미를 함께 나눌 수 있는 또 다른 사람을 찾는 순간 느끼게 되는 흥분이다. 그리고 그러한 사실은 자신에게 '섹시하게' 다가오는 것들에 대해 좀 더 주의 깊게 분석할수록 더 확실하게 이해된다.

오르가슴 자체는 고독과 소외가 극복되는 짧은 순간에 최고조에 이른다. 연인의 어떤 점이 마음에 들든, 그러니까 그것이 연인의 말이든, 연인이 신고 있는 신발이든, 연인의 눈이나 눈썹에서 풍기는 분위기이든 간에, 모두 다 쾌감의 정수distillation 속에 함께 녹아들면서 상대에게 마음이 사르르 녹아 퐁당 빠져버리는 것이다. 매번 생전 처음 느껴보는 것처럼 새롭게.

물론, 상대방과 함께 공동의 목적을 추구하는 것과는 거리가 먼 방법으로 오르가슴을 느끼는 경우도 있다. 하지만 이런 방법들은 저마다 정도의 차이는 있겠지만 섹스의 진정한 목적을 배반하는 셈이다. 극단적인 사례는 아니지만, 자위를 한 뒤에 대개 공허하고 외로운 느낌이 뒤따르는 것도 바로 그런 이유 때문이다. 또한 아주 극단적인 사례라면 수간, 강간, 아동 성폭행 사건에 대한 소식을 들을 때 격분하게 되는 것도 마찬가지 이유 때문이다. 이런 행위들은 하나같이 한쪽이 상대에게 취하는 쾌감에서 상호성이 지독히 결여되어 있으므로, 격분할 수밖에 없다.

문제는
섹스와 일상의 격차

섹스의 골칫거리 중 하나는, 다른 것들에 비해 비교적 덜 중요한 문제이긴 하지만, 아주아주 길게 할 수는 없다는 점이다. 극단적인 경우조차 가톨릭 미사시간과 얼추 비슷한 2시간 정도로, 이 정도면 꽤 길게 하는 편이고 그나마도 이런 경우는 지극히 드문 편이다.

한편, 관계가 끝난 후에는 기분이 다소 가라앉는 경향이 있다. 많은 사람들이 섹스 후에 비참한 기분에 젖어드는 경우는 꽤 흔한 일이다. 한쪽, 혹은 두 사람 모두 곯아떨어지거나, 신문을 읽거나, 그 자리에서 도망가고 싶은 충동을 느끼기 쉽다.

대체로 이럴 때 문제는 섹스 그 자체가 아니다. 오히려 섹스와 일상의 현격한 대비가 문제다. 섹스는 특유의 다정함, 격렬함, 열정, 쾌락이 지배하는 반면, 삶의 일상적인 측면들은 반복, 지루함, 억압, 어려움, 냉담함으로 가득하다. 이 둘 사이의 격차가 너무 크기 때문에 비참한 기분에 젖어드는 것이다.

섹스는 곧잘 우리가 처해 있는 난관들을 참을 수 없을 만큼 또렷하게 부각시켜 놓는다. 게다가 성욕이 수그러들고 나면, 방금 전까지 황홀해했던 자신이 어쩔 줄 모를 만큼 부끄럽고 낯설어진다. 그와 동시에 평상시 자신의 모습이나 일상적인 관심사와 단절된 듯해서 매우 당혹스럽다. 가령 평상시처럼 점잖아지려고, 혹은 고상해지려고 애써보지만 불과 몇 분 전까지만 해도 연인의 몸을 달아오르게 하려고 열중하고 있었으니까 말이다. 스스로도 내가 정말 그랬나 싶을 정도다. 대체로 현대의 민주주의 사회에서 살아가는 것에 만족하는 편이지만, 방금 전까지는 지하감옥에 처녀를 가둬놓은 중세시대의 사디스트 귀족이 되고 싶은 욕망을 행동으로 옮겼을 수도 있고 말이다.

우리의 시대적인 분위기는 우리가 성행위 중에 갖게 되는 통상적인 모습을 선뜻 받아들이지 못하도록 부추긴다. 섹스는 단순히 육체적인 과정에 지나지 않는 것처럼 취급한다. 하지만 그것은 심리적인 측면을 간과한 얘기다. 앞에서도 살펴봤듯이, 사랑을 나누는 동안 일어나는 일련의 과정은 우리의 마음속 열망과도 밀접한 관련이 있다. 성행위는 서로의 성기를 마찰시키는 행동에 의해 이루어지지만, 우리의 흥분은 천박한 생리학적 반응이 아니다. 더 정확히 말하자면, 특별한 누군가를 만남으로써 느끼게 되는 엑스터시ecstasy다. 그 특별한 누군가는 우리가 가진 가장 큰 두려움을 어느 정도 가라앉혀줌은 물론이요, 공통된 가치관을 바탕으로 삶을 나누는 것까지도 함께 꿈꿀 수 있는 그런 사람이다.

*미스 반 데어 로에 독일 태생의 표현주의 건축가로, 근대 건축의 3대 거장 중 한 사람으로 꼽힌다.

'섹시함'은 심오해질 수 있는가?

매력적인 사람들에게
매료당하는 진짜 이유

'섹시함'을 컨셉으로 내세운 연예인이 아닌 한, 평범한 남자나 여자를 보고 '섹시해' 보여서 마음에 든다고 말하면 돌아오는 반응은 어떨까? 대개는 그리 좋지 않다. 우리 사회에서 다른 사람을 외모로, 그중에서도 '섹시함'이라는 피상적인 기준으로 판단하는 것은 무례한 것으로 생각되기 때문이다.

아직 우리의 사회적인 분위기는 이런 면에 대해 엄격한 편이다. 사람을 단지 외모만 보고 판단하는 것처럼 말하면, 고상한 사람들 사이에서는 달갑지 않은 반응을 얻게 마련이다. 그래서 어떤 사람이 '섹시해서' 마음에 들었더라도, 그 사람과 일상적인 대화를 나누면서 조금씩 가까워진 후에 그런 호감을 밝혀야만 한다. 첫눈에 사랑에 빠져서는(즉, 욕망을 품어서는) 안 된다.

(어쩌면) 바꿀 수도 있는 성격이 아니라 근본적으로 바꿀 수 없는 외모를 앞세워 사람을 판단할 경우라면, 상대방을 모욕하는 듯한 인상을 줄 수 있다. 우리 사회는 사람들을 내면과 외면으로 이루어진 존재로 생각하며 내면을 외면보다 더 특별하게 여긴다.

그럼에도 불구하고 부인하기 힘든 사실이 하나 있다. 육체적인 측면, 즉 겉모습이 운명과 욕망에 있어 대단히 중요한 역할을 한다는 것이다. 어떤 사람을 제대로 알 기회가 생기기도 훨씬 전에, 다시 말해 살아온 이야기나 관심사, 성품, 감수성 등에 대해 서로 이야기를 나눠볼 만한 시간을 가져보기 전에, 그 사람과 자고 싶다는 욕망이 먼저 꿈틀거릴 수도 있다. 또한 사진 한 장만 보고, 혹은 거리에서 흘끗 쳐다본 인상만으로, 어떤 사람에 대해 순간적으로 '섹시하다'고 느끼고 '함께 여름휴가를 떠나면 얼마나 즐거울까?'를 혼자 상상해보기도 한다(부질없게도). '눈이 즐겁다'는 이유 말고는 이성적인 근거가 전무한 상태에서 말이다.

이 책이 섹스라는 주제를 다루는 책이라는 점을 감안한다면, 이런 충격적인 사실을 무시하고 넘어가는 것은 말이 안 된다. 그렇다면 육체적인 매력이 무의미한 것이라고 덮어놓고 비하하기 전에, 누군가의 외모에 '흥미'가 끌린다고 말할 때 그 말 속에 담긴 진짜 의미가 무엇인지를 고찰해보자. 우리가 그런 사람들에게 끌리는 이유는 뭘까? 매력적인 사람들에게 매료당하는 진짜 이유는 뭘까?

이 대목에서도 진화생물학은 다시 한 번 설득력 있고 그럴듯한 답을 제시해준다. 진화생물학의 논리에 따르면, 우리가 아름다움에 끌리는 이유는 매우 단순하고 명확하다. 아름다움은 곧 건강함을 보장하기 때문이라는 것이다. 우리가 어떤 사람을 '아름다운' 사람이라고 말할 때, 혹은 더 허물없는 감정 그대로 '섹시한' 사람이라고 말할 때, 그 말의 본질에는 그 사람이 강한 면역체계와 넘치는 스태미나를 가진 건강한 사람이라는 의미가 내포되어 있다는 얘기다.

한마디로 우리가 그런 사람들을 좋아하는 이유는(혹은 노골적으로 말해 '그런 사람들이 우리를 흥분시키는' 이유는), 그런 사람들과 짝을 이루면 이론적으로 건강하고 생명력이 강한 자손을 생산할 가능성이 월등히 높아지기 때문이다. 그리고 이러한 직관은 자연이 우리에게 부여해준 것으로, 한눈에 보고 즉각적인 결정을 내리게 해주는 중요한 생존본능이다.

한 조사에 따르면, 전 세계에서 무작위로 선별된 일단의 사람들에게 여러 남녀의 얼굴이 찍힌 사진들을 보여주며 미모 순위를 정해보라고 했더니, 놀랍게도 일치된 결과가 나타났다고 한다. 사회적 환경이나 문화적 배경이 전부 다 다름에도 불구하고 말이다. 어떤 얼굴이 가장 매력적인지에 대해 전 지구적으로 의견이 일치한 것이다.

이 조사결과를 바탕으로 진화생물학자들이 내린 결론은 이렇다. 남녀 모두 '섹시한' 사람으로 분류되는 기준은 막연하고 추상적인 것이 아니라, 얼굴의 좌우가 대칭적으로 일치하고 균형과 비율의 조화가 잘 이루어진 용모라는 것이다.

외모,
우리의 유전적 운명

우리가 어떤 사람과 자고 싶어 할지를 다른 누군가가 맞힌다니, 좀 당혹스러울 것이다. 각자 자기 나름의 취향이나 견해를 밝힐 기회를 갖기도 전에 말이다. 진화생물학자들의 실험이 마술처럼 보일지도 모르겠다. 마술사가 우리의 눈을 속여 잘 섞인 카드 중에서 우리가

섹시함이라는 것이
보는 사람에 따라
제각각인 것은 아닌 모양이다.

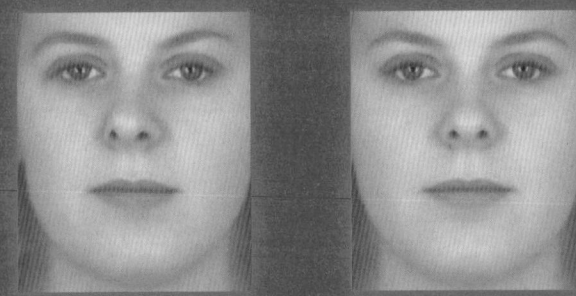

실제로 한 조사에서, 응답자의 97퍼센트가 오른쪽(좌우대칭이 더 잘 맞는 쪽) 여성과 자고 싶은 마음이 더 많이 든다고 대답했다.

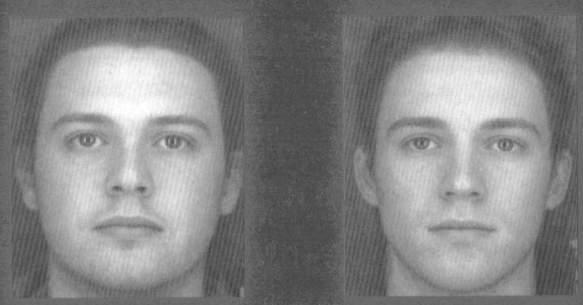

오른쪽 남자의 경우, 얼굴의 살집으로 미루어보건대 키와 몸무게의 비율이 적절할 것 같다. 반면 왼쪽은 똑같은 얼굴이지만 좀 더 통통한 편이다. 오른쪽 얼굴이 더 섹시하다고 답한 응답자가 더 많았다. 우리가 흔히 말하는 '섹시함'이란 정말 진화생물학자들이 말하는 '건강'의 동의어일까?

어떤 카드를 뽑을지 미리 맞히는 것과 비슷하지 않은가? 하지만 진화생물학자들은 마술사들처럼 속임수로 우리를 현혹하는 것이 아니다. 특정한 얼굴을 선호하는 우리의 심리 뒤에 숨어 있는, 이성에 근거한 과학적 동기들에 입각하고 있다.

사실 대칭과 균형의 문제는 매우 중요하다. 대칭과 균형이 맞지 않는 경우, 즉 얼굴이 심하게 비대칭이거나 균형이 맞지 않는다면 자궁 속에서 혹은 생후 수년 이내에, 즉 자아의 대부분이 아직 형성되지 못한 시기에 병에 걸렸다는 표시이기 때문이다. 태아일 때 DNA가 세균에 감염되거나, 임신 초기에 엄마가 극도의 스트레스를 겪으면, 얼굴의 생김새에 이런 불운의 흔적이 그대로 남을 수 있다. 그래서 외모는 우리의 유전적 운명을 보여주는 지침인 셈이다.

진화생물학에 따르면, 고대로부터 발달되어온 생존에 집착하는 뇌 영역에게 외모의 아름다움은 건강의 궁극적 보증마크다. 사실 이 이론은 반박하기가 힘들다. 얼굴의 생김새 중에서 지극히 사소한 것조차 상당한 의미를 부여하는 이론 역시 그 타당성을 의심하기 힘들다. 가령, 콧마루의 폭이나 미간의 넓고 좁은 차이가 상대방의 반응에 중요한 영향을 미칠 수 있다는 주장이 그 한 가지 예다.

이런 이론들 때문에 육체적 매력에 관해서라면 진화생물학을 순전히 피상적이라고 비난할 수만은 없다. 다시 말해 진화생물학은 우리가 겉모습으로 사람을 판단한다는 점을 인정하는 동시에, 외모가 결코 사소한 문제가 아니며 꽤 심오한 특징을 암시한다고 주장하고 있다. 누군가에게 끌리는 것은 그가 가진 중요한 무언가에 매료된 것이고, 성욕과 심미안은 삶의 중요한 과제, 즉 자손의 생산과 연결되어 있다는 얘기다.

내면적 특징에 대한
직관적 탐지

하지만 조금 더 생각해보면 고개가 갸웃해진다. 누군가에게 마음이 끌리는 이유라는 게 고작 이것뿐인가? 이와 같은 진화생물학적 설명은 결론이 좀 허탈하다. 다른 사람들에 대한 성적 관심을 단 하나의 기준, 그러니까 '얼마나 건강한가(얼마나 건강한 자손을 생산할 수 있는가)?'의 문제에만 국한시키니까 말이다.

그렇다고 우리가 이런 기준에 전혀 관심을 갖지 않는다는 얘기는 아니다. 다만 아주 원만하게 평생을 함께하기 위해서는 다양한 스펙트럼의 필요조건이 있고, 그런 점을 감안할 때 배우자가 될 사람의 외모에 대한 호의적 감정은 단순히 그 사람의 신체적 건강만이 아니라 그 이상의 연관성을 가져야 마땅하지 않을까 싶다.

프랑스 소설가 스탕달은 이와 같은 과학적 궁지를 풀어줄 기막힌 명언을 남겼다.

'아름다움은 행복의 약속이다.'

이 정의는 우리가 어떤 사람들을 보고 아름답다고 말하는 이유에 대한 이해의 폭을 넓혀준다. 우리가 누군가에게 그런 수식어를 붙여주는 것은, 단순히 건강함의 차원을 넘어서서, 얼굴을 통해 그 사람과 성공적인 관계를 맺는 데 유익할 만한 내면적 특징을 직관적으로 탐지하기 때문이라고 할 수 있다. 이를테면, 그 사람의 용모에서 결단력, 지성, 신뢰성, 겸손함, 다소 독설적인 유머감각 같은 덕목을 눈치 챌 수 있을지 모른다. 솔직히 우리가 잠재의식을 통해 코의 모양을 보고 질병에 대한 강한 저항력의 증거를 찾을 수 있다면, 입술 모양에서 끈기에 대한 암시를 알아채거나, 눈썹의 모양에서 삶의 불합리에 대해 웃어넘기는 카타르시스적 성향을 발견해내지 못할 이유도 없지 않겠는가?

그러므로
섹시함은 행복의 약속

우리의 얼굴은 얼마나 많은 정보를 전달할 수 있을까? 그 답은 위대한 화가들이 그린 초상화 속의 인물들, 그러니까 우리가 직접 만나본 적 없는 그림 속의 매력적인 인물들을 살펴보면 분명해진다.

19세기 프랑스 화가 앵그르Jean Auguste Dominique Ingres가 그린 '마담 드보케이Madame Devaucay'의 그림을 예로 들어보자. 오른쪽 그림의 마담 드보케이는 확실히 아름다운 여인이다. 고로 진화생물학적 해석에 따르면 건강한 사람이다. 하지만 이 여인의 매력을 좀 자세히 풀어보고 싶다면, DNA적 생식 적정성 이외의 덕목도 살펴봐야 할 것이다.

사실 이 여인이 우리의 흥미를 끌고 사람에 따라 흥분을 느끼게 하는 이유는, 여인의 얼굴이 건강함 이외의 여러 가지 특징을 암시하기 때문이다. 그 특징들은 (과학적 정확성을 요구하지 않는다고 가정할 때) 구체적인 말로 짚어낼 수 있고, 현실 속의 파트너로 삼기에도 반가울 만한 그런 것들이다.

우선 마담 드보케이의 입과 미소에는 '세상사를 잘 아는 사람만이 가질 수 있는 관용'의 분위기가 풍긴다. 어떤 비밀이든 거리낌 없이

섹시함은 단지
'건강함'만이 아닌,
행복의 약속이기도 하다.

앙그르, '마담 드보케이Madame Antonia Devaucay de Nittis', 1807년 작품.

털어놓을 수 있을 것만 같다. 일부러 세금을 내지 않았다거나, 프랑스 혁명 당시에 무언가 나쁜 짓을 저질렀다거나, 비정상적인 성적 취향을 가지고 있다는 둥의 은밀한 얘기도 마음 편히 다 털어놓을 수 있을 만큼 관용적이다. 이런 입의 주인은 그 어떤 이야기를 들어도 우리에게 깐깐하게 따지려 들지도 않을 것이고, 경악스러워하며 설교나 잔소리를 늘어놓지도 않을 것 같다. 그만큼 상대의 기본적인 위신과 체면을 지켜주려는 배려심이 엿보인다.

또한 그녀의 코에는 타고난 '기품'이 배어 있다. 특권층 계급에서 자랐지만 버릇없이 크지는 않은 것 같고, 고통에 익숙하지만 괴로운 상황에서도 품위를 지키기 위해 애쓸 줄 아는 사람처럼 보인다. 가르마로 정확하게 중심을 잡은 헤어스타일 역시 '단정함'과 '분별력'이 느껴진다. 수녀원 부속학교에 다니면서 이런 헤어스타일이 자연스럽게 몸에 배었을 테고, 분명히 그곳에서 인자한 수녀들에게 특별히 사랑을 많이 받았을 것 같다.

한편 그녀의 눈매는 매혹적이도록 '대담한' 인상을 준다. 잔혹한 심문관 앞에서도 두 눈을 똑바로 뜨고 절대 시선을 피하지 않을 듯하고, 형편이나 상황이 어려워져도 쉽사리 자신의 신념을 굽히거나 친구를 배신하지 않을 사람 같다.

이처럼 우리가 마담 드보케이의 구체적인 아름다움에 끌렸다면, 그것은 단순히 그녀가 건강한 것으로 판단되어서만은 결코 아니다. 얼굴의 생김새를 통해 잘 드러나고 있는 전체적인 인상에 마음이 움직였기 때문이다.

다른 수많은 걸작품들도 마찬가지겠지만, 앵그르의 초상화를 통해서 우리는 한 가지 사실을 배울 수 있다. 외모가 꽤 믿을 만한 의미를 전달해줄 수도 있다는 사실이다. 초상화가 교훈적인 것은, 그림 속 모델의 아주 많은 부분이 표면에 그대로 '나타나 있기' 때문이다. 외면, 즉 육체적 자아가 언제나 피부 속 깊숙이 숨어 있는 페르소나persona˙와 불화하는 것은 아니다. 둘은 서로 조화를 이루고 일치할 수도 있다.

따라서 어떤 사람에게 육체적으로 끌려 그 사람과 자고 싶어지는 심리에 대해, 우리가 그 사람의 '본질'을 무시하고 있다는 의미로 받아들일 필요는 없다. 오히려 그 사람의 입술, 피부, 이마, 눈썹을 통해 정확히 분별해낸 흥미로운 미덕에, 즉 스탕달의 표현을 빌리자면, '행복의 약속'에 흥분을 느낌으로써 더 가까워지고 싶어진 것일 수도 있으니까.

섹시한 옷차림에 담긴
그의 철학과 세계관

'섹시함'을 느끼는 심리는 옷, 특히 여성들의 최신 유행 패션과도 확연한 연관성이 있다. 다시 한 번 진화생물학적 관점으로 돌아가보자. 유명 디자이너 브랜드의 제품 발표회를 열대 조류들의 짝짓기 구애 쇼와 비교해보면 이해하기 쉬울 것이다.

열대 조류들의 경우, 깃털의 상태는 흡혈기생충의 존재 유무를 암시하기 때문에 짝이 될지 모를 상대에게 깃털로 건강에 대한 메시지를 단박에 전해준다. 패션도 이와 비슷하다고 볼 수 있다. 적어도 멀리서 봤을 때 그렇다는 얘기지만, 어쨌거나 패션도 더러 생물학적 건강상태를 부각시켜주는 특정 신호에 초점을 맞추게 해준다. 특히 다리, 엉덩이, 가슴, 어깨를 강조하거나 과장하는 패션일수록 더욱 그렇다.

하지만 패션의 역할을 단지 건강상태에 대한 신호를 전달해주는 것으로만 한정해버린다면, 패션이란 것이 다소 시시해지고 말 것이다. 그런 관점에서 보면 돌체 앤 가바나 Dolce & Gabbana, 도나 카란 Donna Karan, 셀린느 Celine, 마르니, 막스 마라 Max Mara, 미우 미우 Miu Miu 같은 유명 패션 브랜드와 디자이너들의 의상들도 다 그 옷이 그 옷처럼 별로 흥미롭지 못할 테니까 말이다.

　건강상태를 부각시켜 보여주는 것이 패션의 임무 중 한 가지가 될 수도 있겠지만, 패션은 예술의 한 형태로서 좀 더 야심찬 임무도 맡고 있다. 여자들에게 다양한 의상을 제공해줌으로써, 흥미나 호감에 대한 여러 가지 관점을 지원해준다는 것이다. 무한한 변신이 가능하다는 패션의 특성을 통해, 의상은 그 혹은 그녀 나름의 가치관, 윤리관, 심리적 성향 등을 드러내준다. 그리고 우리는 그 의상이 주는 메시지에 대해 호감을 느끼느냐 거부감을 느끼느냐에 따라 '아름답다'거나 '보기 싫다'고 판단한다. 어떤 옷차림을 '섹시하다'고 말할 때 그것은 그 옷을 입은 사람이 건강한 자손을 많이 낳을 수 있을 것 같다는 가능성에만 주목하는 것이 아니다. 그 옷이 대변하는 그 사람의 인생관과 철학에 흥미가 끌린다고 인정하는 것이기도 하다.

　우리는 특정 시즌에 어느 디자이너의 컬렉션을 보면서 그 컬렉션이 어떤 가치를 생각해보도록 유도하는지 음미해볼 수도 있다. 예를 들어, 디올Dior의 컬렉션을 보고 장인匠人, 산업화 이전의 사회, 여성스러움 같은 요소의 중요성을 떠올릴지도 모른다. 또한 도나 카란이

'섹시하다'는 말 속에는
그 사람의 세계관이
마음에 든다는 뜻도 포함된다.

왼쪽은 마르니, 오른쪽은 돌체 앤 가바나다. 우리가 누군가의 옷차림을 보고 '섹시하다'고 말할 때, 그 말 속에는 그 옷을 입은 사람이 건강해 보인다는 의미만 담긴 것이 아니다. 그 사람의 세계관 이 마음에 든다는 암시이기도 하다.

자립정신, 전문가로서의 능력, 도시생활의 흥분에 대한 욕구를 자극
해줄 수도 있고, 마르니가 기발함, 의도된 미숙함, 좌파 성향의 정치
의식 등의 당위성을 일깨워줄지도 모른다. 이처럼 패션은 시대의 미
적 가치관뿐 아니라 우리의 욕망까지도 고스란히 담고 있다.

*페르소나 자신의 내면 안에 존재하는 또 하나의 자신.

나탈리냐, 스칼렛이냐?

Chap 3 Natalie or Scarlett?

성적 취향을 결정하는
심리적 내력

섹시함이라는 개념 뒤에 숨겨진 복잡성을 인정하더라도 여전히 수수께끼는 남아 있다. 사람마다 다른 것들에 흥미가 끌린다는 사실이다. 우리는 왜 같은 얼굴이나 같은 옷에 끌리지 않는 걸까? 저마다의 성적 취향이 왜 그렇게 천차만별일까?

진화생물학자들은 우리가 건강함의 징후를 기준으로 누군가에게 끌리게 마련이라고 자신만만하게 주장한다. 하지만 건강한 사람이 여러 명이라면 어떨까? 그중에 유독 특정한 한 사람을 선호하게 되는 이유에 대해서는 납득할 만한 이론을 내놓지 못한다.

사람마다 다른 성적 취향의 수수께끼를 풀기 위해, 먼저 주관적이기 그지없는 미술의 취향부터 살펴보자.

미술사학자들이 오래전부터 풀지 못해 애를 태워온 질문이 하나 있다. 사람들은 왜 특정 화가를 다른 화가보다 더 열렬히 선호하는 걸까? 똑같이 위대한 걸작을 탄생시킨 거장으로 추앙받는 두 화가를 놓고도 한쪽을 더 선호하는 경향이 존재하는 것을 보면, 정말 의아한 일이기는 하다. 왜 어떤 사람은 미국의 추상화가 마크 로스코Mark Rothko에는 열광하면서, 이탈리아의 바로크 시대 화가인 카라바조Caravaggio에 대해서는 무조건 질색하는 걸까? 또 어떤 사람은 샤갈Marc Chagall은 꺼려하면서 달리Salvador Dali는 찬미하는데, 대체 왜 그런 걸까?

이 수수께끼를 풀어줄 가장 그럴듯한 대답은, 독일의 미술사학자 빌헬름 보링거Wilhelm Worringer가 〈추상과 감정이입Abstraction and Empathy〉이라는 제목으로 1907년에 발표한 논문에서 찾을 수 있다. 보링거의 주장에 따르면, 우리는 누구나 성장하면서 내면의 무언가가 결여되기 마련이다. 부모님이나 성장환경이 늘 완벽할 수는 없으므로, 거기에서 저마다 나름의 좌절을 경험하고, 어느 부분이 취약하거나 불안정한 상태로 성격이 형성된다. 그리고 결정적으로, 이런 약점과 결함이 미술 작품을 감상할 때 갖는 호감과 반감의 취향을 좌우하게 되는 것이다.

모든 미술 작품에는 특유의 심리학적, 도덕적 분위기가 담겨 있다. 그림에 따라 평온하거나 불안하거나, 과감하거나 조심스럽거나, 절제되거나 대담하거나, 남성적이거나 여성적이거나, 세속적이거나 고상하다. 이런 여러 가지 특징들 중에서 우리가 어떤 분위기를 선호하는지를 살펴보면, 우리의 심리적 내력이 거기에 그대로 반영되어 나타난다. 구체적으로 말하자면, 우리 내면의 취약한 부분이나 결핍된 요소가 무엇인지에 따라 작품에 대한 호불호가 결정된다는 것이다.

우리는 내면의 결함을 보상해주고 건강한 상태를 되찾도록 도와줄 만한 속성이 담긴 작품을 갈망한다. 말하자면 우리가 미술 작품에서 보고 싶어 하는 것은, 우리의 삶에 결여되어 있는 특정한 속성이다. 그래서 어떤 작품이 심리적으로 결핍된 가치를 채워줄 때 우리는 그 작품을 보고 '아름답다'고 감탄한다. 반면 위협적인 느낌을 주는 작품이나 고압적인 분위기가 느껴지는 작품을 대할 때는 '보기 싫다'는 반감이나 거부감을 갖는다.

결핍을 채우고자 하는
동물적 본능

보링거는 자신의 이론을 구체화하기 위해 다음과 같은 논리를 제시했다. 침착하고 신중하며 규율을 중시하는 사람들은 격정적이고 드라마틱한 작품에 끌리는 경우가 많으며, 그런 작품을 감상함으로써 건조하고 메마른 감정에 대한 보상을 받을 수 있다는 것이다. 예를 들어, 이런 사람들은 라틴계 작가들의 작품이 내뿜는 거침없는 에너지와 열정에 쉽게 감동하고, 화폭에 강렬한 암흑을 담아낸 고야 Francisco Goya의 작품이나 스페인 바로크 양식의 몽환적인 건축물에 감탄하는 경향이 있다.

하지만 보링거의 이론에 따르면, 이런 강렬한 취향의 예술품은, 불안감이 높은 성장환경에서 자랐거나, 쉽게 흥분하는 성격을 가진 사람들에게는 위압감을 주기 때문에 별로 인기가 없다. 이렇게 쉽게 흥분하는 유형의 사람들은 바로크 양식이 별로 맞지 않고, 차분하고 논리적인 예술품을 훨씬 더 아름답다고 여기는 것이 보통이다. 이런 사람들은 엄격하고 치밀한 격식을 갖춘 바흐의 칸타타, 좌우대칭이 자로 잰 듯 꼭 맞고 규칙적인 프랑스식 정원, 아그네스 마틴Agnes Martin

대체 무엇에 대한
두려움과 결핍이 있어야
이 건축물을 '아름답다'고 여기게 될까?

멕시코 타스코의 산 세바스찬 성당.

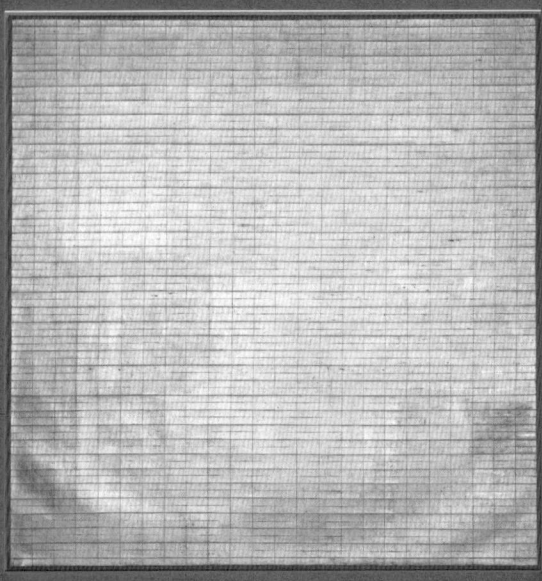

이 작품과 오른쪽 작품 모두
아름다운 걸작이지만,
사람에 따라 둘 중 한쪽에
유독 마음이 끌린다.

아그네스 마틴의 '우정Friendship', 1963년 작품.

유독 한쪽에만 마음이 끌리는 건,
그것이 자신의 결핍을
채워주기 때문이다.

카라바조의 '홀로페르네스의 목을 자르는 유디트Judith Beheading Holofernes', 1599년 작품.

이나 마크 로스코 같은 미니멀리즘Minimalism* 화가의 차분한 공백이 느껴지는 작품을 선호하는 경우가 많다.

스칼렛 요한슨이냐, 나탈리 포트만이냐?

보링거의 이론을 보면 이런 의문도 품어볼 만하다. 누군가가 예술 작품을 보면서 그것을 '아름답다'고 판단하기 위해서는 그 사람의 삶에서 무엇이 결여되어야 할까? 또 무엇을 두려워해야 '보기 싫다'는 생각이 들까?

한편 보링거의 이론이 취하는 접근법을 통해서, 우리가 어떤 사람을 다른 사람들보다 섹시하다고 느끼는 이유에 대해서도 흥미진진한 설명이 가능해진다.

예술작품에 대한 위와 같은 풀이는, 섹스에 대해서도 똑같이 적용해볼 수 있다. 선천적으로 문제가 있었거나, 혹은 성장과정에서 뜻밖의 사건을 겪었다고 치자. 그로 인해 우리는 불균형한 상태로(어딘가가 과도하거나 취약한 상태로) 성인기에 이르렀다. 마음속의 어떤 부분에서는 너무 넘치고 또 어떤 부분에서는 너무 부족해졌다. 걱정이 너무 많거나 지나치게 침착할 수도 있고, 너무 독단적이거나 너무 수동적일 수도 있으며, 너무 현학적이거나 너무 실용적일 수도 있고, 너무 남성적이거나 너무 여성적일 수도 있다. 그래서 상대에게서 자신에게 없는 보완적인 특징을 찾아냈을 때, 그 사람을 '섹시하다'고 느끼고, 우리 자신의 불균형적인 측면을 더 자극하는 사람들에게는 반감을 갖게 된다.

외관상 똑같이 건강해 보이는 두 명의 사람과 만나게 되었다고 치자. 편의상 두 사람을 나탈리 포트만과 스칼렛 요한슨이라고 가정해 보자. 우리는 저마다 독특한 성격 형성의 내력을 거쳐 온 탓에, 두 사람 중 한쪽에게만 눈이 번쩍 떠질 것이다.

우리가 지나치게 과장이 심하고 신뢰하기 힘든 부모 밑에서 자랐고, 그러한 부모의 성향 때문에 정신적 타격을 입었다고 가정해보자. 그러면 우리는 스칼렛 요한슨의 외모에서 풍기는 자극적이고 과장된 기미가 왠지 조금 불편하다는 암시를 받을지 모른다. 스칼렛의 광대뼈를 보고 이미 질리도록 익숙한 자기중심적 기질을 느끼고, 눈을 보고(98페이지에 수록된 사진에서는 평온해 보이지만) 우리 자신이 걸핏하면 왜일까?
어째서 사람마다
선호의 취향이 제각각 다른 걸까?

왼쪽은 스칼렛 요한슨, 오른쪽은 나탈리 포트만이다. 두 사람 다 건강하고 매력적이지만, 사람에
따라 선호가 다르다. 건강하고 매력적이기만 하면 아무에게나 끌리는 것은 아니라는 말이다.

그러듯 격렬한 분노를 쉽게 터뜨릴 것 같은 인상이 느껴져서, 결국엔 자신에게 별로 유익할 것 같지 않다고 판단할지 모른다.

그래서 객관적으로 볼 때 미모 면에서는 두 사람 다 막상막하지만, 스칼렛이 아닌 나탈리를 더 좋아하게 될지 모른다. 가령 심기증** 기질이 있던 어머니 밑에서 자랐던 사람이라면, 마침 나탈리의 눈에서 그토록 갈망하던 차분함이 느껴져서 반할 수도 있다. 나탈리 포트만의 이마에서 굳은 의지와 실용적인 성격이 느껴져서, 자신은 갖지 못한 그런 면모에 마음이 끌리게 될 수도 있다.

하루에도 여러 번씩 집 열쇠를 잃어버리고, 보험금 청구 양식을 작성할 때 거의 패닉에 빠지는 사람이라면, 자신은 죽을 때까지 절대로 가지지 못할 것 같은 야무지고 똑 부러지는 성격이 얼마나 매력적이겠는가? 경솔하고 무절제한 자신의 성격이 마음에 안 들었던 사람이라면, 그녀의 입술에서 느껴지는 자제력과 극기심에 반하게 될지도 모르겠다. 그런 입술을 가진 사람이라면 곤란할 정도로 무절제한 자신의 삶에 완벽한 균형을 선물해줄 것만 같으니까.

이제 정리해보자. 나탈리 포트만이나 스칼렛 요한슨 중 유독 한 사람에게만 끌리는 이유를 알겠는가? 이렇게 우리 자신에게 결여된 부분에 비추어 살펴보면, 두 사람 모두 아름답지만 왜 그중에서도 꼭 한 사람에게만 끌리는지가 그럴듯하게 설명된다. 그것은 아그네스 마틴이나 카라바조의 그림들에 대해 사람마다 선호하는 성향이 왜 다른지에 대한 이유이기도 하다.

전인적 자아를 완성하기 위해서는 예술과 섹스 둘 다 꼭 필요한 요소이므로, 서로 보완의 메커니즘이 유사하다면 이처럼 이유가 비슷한 것도 당연하다. 우리가 '아름답다'거나 '섹시하다'고 느끼는 특성들은, 우리 스스로의 균형을 다시 맞추기 위해 절실히 갈망하는 것이 무엇인지를 암시해준다.

사랑에 빠지는 행위는 자기 자신의 약점을 넘어서고 싶어 하는 인간적인 희망의 승리다. 섹스도 그와 같은 의미에서 바라볼 수 있지 않을까?

이제까지 우리는 섹스가 주는 여러 가지 기쁨과 즐거움에 대해 알아보았다. 현대인이라면 누구나 필연적으로 느낄 수밖에 없는 '군중 속의 고독'으로부터 벗어나게 해주는 첫 키스, 내밀하게 간직해온 성적 자아를 드디어 파트너와 공유하는 순간, 인간 본성의 바람직한 측면을 부각시켜주는 페티시와 성적 판타지에 대해서도 알아보았다.

또한 우리가 매력적인 외모를 가진 사람들에게 성적으로 매료당하는 진짜 이유에 대해, 섹시함의 본질에 대해서도 생각해보았다.

하지만 섹스에는 이렇게 신체적 욕구와 지적 호기심을 동시에 자극하는 흥미로운 주제들만 있는 것은 아니다. 우리가 경험하는 일상 속의 섹스는 어렵고 곤란한 점들을 더 많이 가지고 있는 것 같다. 섹스의 기쁨을 이야기한 2부에 비해, 섹스의 골칫거리들에 대해 다룬 3부의 분량이 훨씬 더 많은 것만 봐도 알 수 있다.

3부에서는 우리의 몸과 마음에 여러 가지 괴로움을 주는 섹스의 난관들에 대해 자세히 알아볼 것이다. 가볍게는 이성에게 거절당하는 것부터, 오래된 커플의 권태, 외도, 포르노, 결혼제도에 이르기까지 현대인의 삶을 지배하는 다양한 키워드들에 대해 좀 더 깊숙이 파헤쳐보자.

*미니멀리즘 되도록 소수의 단순한 요소로 최대 효과를 이루려는 사고방식.
**심기증 근거 없이 자신이 큰 병에 걸린 것처럼 생각하는 정신병적 증상.

How to Think
More about Sex
Alain de Botton

THE
SCHOOL
OF LIFE

섹스의 골칫거리들
The Problems of Sex

Part 3

사랑과
섹스

Chap 4 Love and Sex

사랑과 섹스는
왜 함께할 수 없나?

　다음과 같은 시나리오를 상상해보자. 독일 함부르크 출신의 토머스가 미국 오리건 주 포틀랜드로 출장을 왔다가 젠을 만나게 된다. 둘은 스물여덟 살 동갑이고, 똑같이 IT 계통의 일을 한다. 토머스는 젠을 보자마자 한눈에 반한다. 게다가 며칠 동안 계속 만나다 보니, 그녀가 점점 더 좋아졌다. 젠은 같은 업종 사람들을 빗대어 재미난 농담도 잘할 뿐만 아니라 풍자적인 정치논평 실력이나, 음악과 영화에 대한 해박한 식견도 입이 떡 벌어질 정도다.

　함께 저녁을 먹으면서 젠의 이야기를 가만히 듣던 토마스는 그녀가 정말 다정한 여자라는 생각이 들었다. 젠이 출장 중에도 날마다 어머니에게 전화를 걸었고, 자신이 누구보다 아끼는 사람은 나무 타기를 무척 좋아하는 열한 살짜리 남동생이라고 말했기 때문이다. 젠의 다정다감한 면모를 엿보게 된 토머스는 그녀를 향한 마음이 더욱더 애틋해지게 되었고, 한 친구가 젠에 대해 물을 때 '정말 사랑스러운 여자'라고 털어놓기도 했다.

젠도 토머스를 좋아하긴 하지만 토머스와 똑같은 마음은 아니다. 지금 묵고 있는 크라운 코트 호텔 방의 보라색 침대시트 위에 토머스를 눕히고 그 위에 올라앉고 싶다. 그리고 그에게 키스를 하며 황홀해하는 그의 표정을 보고 싶을 따름이다. 처음 만난 이후로 젠은 자꾸만 머릿속에 반라의 몸으로 이런저런 자세를 취하고 있는 그의 모습을 상상하곤 했다. 방금 전엔 지금 이곳 회의장 안에서, 둘이 그것을 하는 모습까지 상상했다.

하지만 젠에게 토머스는 딱 거기까지일 뿐이다. 젠은 훌륭한 친구이자 반듯한 시민이며 언젠가 좋은 어머니가 될 만한 여자이긴 하지만, 솔직히 토머스와 오래 사귈 마음은 없다. 토머스의 욱하는 성질이나 동물에 대한 과도한 애정, 조깅에 광적으로 흥분하는 것을 평생동안 참을 자신이 없어서다.

지난밤에 토머스가 할머니 얘길 늘어놓을 때는 지루해서 정말 혼났다. 요양시설에 계신다는 할머니 얘기를 너무 길게 하는데, 도저히 계속 듣고 있을 수가 없었다. 어쨌든 젠으로서는 그와 자고 난 뒤에 다음 날 쿨하게 헤어진다면 더 바랄 것이 없을 것 같았다.

서로 다른 열망

이 두 사람이 처한 딜레마는 우리 시대에 흔하디흔한 것이다. 그러나 이렇게 사랑과 섹스에 대해 서로 다른 열망을 품고 있어도, 그것을 입 밖에 꺼내어 분명히 밝히기란 쉬운 일이 아니다. 아무리 시대가 변해 개방적인 세상이 되었다고 해도 말이다. 우리는 원하는 것을 에둘러 말하거나 조심스럽게 회피하면서 자신의 욕구를 감춘다. 그러다 보면 습관적으로 거짓말을 해서 상대의 마음에 생채기를 내기도 하고, 절망과 죄책감으로 밤새 괴로워하기도 한다.

사회 통념상 젠이 토머스를 단지 섹스 파트너로만 생각하는 마음을 솔직히 고백하기는 매우 곤란하다. 인류는 아직 그 수준까지 발전하지는 못해서, 대다수의 사람들은 그런 말을 들으면 상대를 무례하다고 여기며(심하면 잔인하다고까지 욕하며) 상스럽고 천박한 사람으로 치부하기 십상이다.

그런데 속마음을 솔직히 털어놓지 못하는 것은 토머스도 마찬가지다. 젠과 사랑에 빠지고 싶은 갈망을 말했다간 감상적이고 유약한 남자, 혹은 남자답지 못한 남자로 보일까 봐 두려워 차마 말을 못하는 것이다. "평생 당신을 사랑하면서 소중히 지켜주고 싶어요." 하고 말하고 싶어도 왠지 이런 말은 남자답지 못한 것 같다. 그런 말을 한다고 해서 경찰에 체포되거나 광장에서 시민들에게 돌을 맞는 것은 아니지만, 어쨌거나 토마스는 그런 고백을 쉽게 할 수 있는 성격이 아니다. 이처럼 금기 아닌 금기 때문에 입을 다물고 있는 토머스의 답답한 심정으로 말하자면, "내 방에서 당신이랑 관계를 갖고 나서 영영 굿바이 하고 싶어요."라고 말하지 못하는 젠의 심정과 다를 바가 없었다.

어떻게든 자신의 바람이 이루어지길 원한다면, 두 사람 모두 자신의 욕망을 거짓으로 숨겨야 한다. 젠은 토머스에 대한 관심이 순전히 성적인 호기심이라는 점을 내비치지 않도록 조심해야 하고, 토머스는 젠이 자신의 고백을 듣자마자 자신을 피하면 어쩌나 겁이 나서 사랑하고픈 그 불타는 마음을 털어놓지 못한다. 하지만 두 사람은 내심 희망한다. 속마음을 정직하게 털어놓지 않아도 어떻게든 그 바람대로 이루어지기를.

하지만 이런 애매한 태도는 결국 배신으로 끝나거나 헛된 기대만 키우다가 허무하게 엇갈려버리기 일쑤다. 사랑을 원했지만 잠자리만 갖고 헤어지게 된 사람은 이용당한 기분이 들게 마련이다. 반대로 정말 원했던 것은 섹스뿐이었지만 그 열망을 이루기 위해 사랑을 원하는 척해야 했던 사람도 기분이 그리 좋을 리 없다. 코가 꿰어 억지로 연인관계로 발전하든, 아니면 용케 잘 빠져나오든, 비열한 짓을 저지른 것 같아서 양쪽 모두 마음 편치 않을 테니까 말이다.

로맨틱과 에로틱에게 평등한 지위를

우리 시대의 남녀들 중에는 이들과 비슷한 입장에 처한 사람들이 엄청 많다. 그들이 좀 더 행복한 결말을 맞이하려면, 우리 사회가 어떻게 도와주어야 할까?

첫째, 두 사람 중 누구에게든 도덕적 잣대를 들이대지 말아야 한다. 동시에 섹스보다 사랑을 더 원한다고 해서(혹은 섹스를 배제한 사랑을 원한다고 해서), 그것이 그 반대의 경우보다 더 훌륭하거나 더 나쁘지 않다는 점을 인정해주면 된다. 각자의 감정과 욕망으로 엮어내는 레퍼토리 속에서, 두 사람 모두 자기 나름의 이야기를 만들어 나가게 해주어야 한다. 그러므로 주위 사람들은 도덕적인 잣대로 그들의 이야기를 제단하려고 하면 안 된다.

둘째, 한 사회집단으로서 우리는 이 두 사람이 남들의 시선이나 도덕적 비난을 두려워하지 않고 자신의 바람을 자유롭게 밝힐 수 있는 방법을 모색해야 한다. 원하는 성관계를 갖기 위해 사랑에 빠진 척하는 것만이 유일한 방법이라면, 거짓 행동을 하다가 갑자기 돌변해 도망쳐버리는 사람들이 생길 수밖에 없다. 그리고 오랜 연인과의 관계를 유지할 수 있는 유일한 방법이 사실상 잘 모르는 사람과 모텔에서 아무 조건 없이 관계를 갖는 무모한 모험에 자신을 맡기는 것뿐이라면, 다음 날 아침에 버림받은 상처로 마음 아파할 사람들이 계속 나올 것이다.

이제는 섹스에 대한 욕망과 사랑에 대한 욕망이 평등한 지위를 갖고, 도덕적 허식을 걷어치울 때다. 사랑과 섹스는 누구나 자유롭게 느낄 수 있는 욕망이며, 동등한 가치와 정당성을 갖는다. 그러므로 사랑이든 섹스든, 상대 이성에게 그 욕망을 갈구하기 위해 억지로 거짓을 꾸미는 일은 없어야 한다.

이성에게
거절당한다는
것

현대판
앨리펀트 맨

　좋아하는 누군가로부터 '그냥 친구 사이로 지내고 싶다'는 말을 들
으면(그런 고백이 으레 그렇듯 무척 감미로운 목소리로), 잠시나마 땅이 쑥
꺼지고 하늘이 노래지는 느낌이 든다. 그럴 때 우리는 내내 마음속으
로 어렴풋하게 걱정해왔던 한 가지 생각에 확신을 갖는다. '내가 정말
로 추하고 흉측해서 옆에 다가가기도 싫은 괴물이 맞나 보다' 하는 생
각 말이다. 한마디로 현대판 '앨리펀트 맨*'이 된 듯한 기분에 빠진다.

　거절당하는 상처는 가슴이 무너질 만큼 아프다. 자신의 육체적 매
력뿐만 아니라 자아 전체에 대해서 퇴짜를 맞은 것처럼 느껴지기 때

114

문이다. 아니, 심한 경우 자신의 존재 자체가 거부당한 기분마저 들
수도 있다. 이 단계에서는 바흐나 레너드 코헨Leonard Cohen의 곡을 크
게 틀어놓고, 베개에 얼굴을 묻고 엉엉 울기도 한다.

거절의 이유는
훨씬 더 단순하고 덜 우울하다

앞에서도 여러 번 강조했다시피, 남들에게 보여지는 우리의 외모
(즉, 겉으로 드러난 성적 매력)는 우리 자신의 내적 자아에 대한 더 깊은
이해와 평가의 신호가 되어줄 수도 있다. 이제는 그런 낙담과 좌절감
을 훌훌 털고, 무너진 정신과 자존감을 추슬러야 한다. 그러기 위해
서는 이 사태의 맥락을 좀 더 확장해서 생각해볼 필요가 있다.

이성으로서 거절당하더라도 그것을 너무 심각하게 받아들여선 안
된다. 상대방이 우리의 영혼까지 들여다보고 우리의 모든 면에 대해
혐오스러워한다고 여기지는 말라는 얘기다. 대개의 경우 현실은 그
런 못난 생각보다, 훨씬 더 단순하고 덜 우울하다. 거절의 이유가 무
엇이든, 상대는 단지 우리의 몸에 흥분을 느끼지 못한 것일 뿐이다.

그런 거절은 이성의 힘이 닿지 않는 무의식과 억압된 잠재의식에 따른 판단이므로 이성적으로(혹은 의지력을 발휘해서) 바꿀 수 없다. 이런 점을 인식하고, 그것으로 위안으로 삼으면 된다.

거절하는 사람은 일부러 우리를 괴롭히거나 못되게 굴기 위해서 그러는 것이 아니라, 달리 어쩔 수 없어서 거절하는 것이다. 누구에게 흥분을 느낄 것인지는 자기 마음대로 정할 수 있는 문제가 아니다. 어떤 맛의 아이스크림, 혹은 어떤 스타일의 그림을 좋아할지를 마음대로 정할 수 없는 것처럼 말이다.

이러한 위기의 순간이 닥칠 때는 한 가지만 기억하면 된다. 반대의 경우 말이다. 나에게 친절하게 대해줬고, 나를 좋아해주었으며, 당시에 나는 만나는 사람이 없었기 때문에 욕망을 품어봐도 괜찮을 거라고 생각했지만, 그럼에도 불구하고 어쩐 일인지 내 마음에 흥분을 일으키지 못했던 사람들을 떠올려보라는 말이다. 그때 당신은 어떠한 기분이었는가? 그 사람들과 안타깝게 어긋난 것은 우리가 그들을 싫어해서가 아니었다. 정말로 그들과 자고 싶은 마음을 가졌을 수도 있고, 같이 있으면 기분이 좋았을 수도 있지만, 우리의 성적 영역은 다른 생각을 가지고 있었고 이성은 그것을 바꾸도록 설득할 수 없었을 뿐이다. 우리의 무의식은 너무 확고했으니까.

믿기 힘들겠지만,
No는 그냥 No일 뿐이다

이성에게 거절당할 때 생기는 고통의 중심에는 무엇이 있을까? 그곳엔 그 거절을 '도덕적 판단'으로 해석해버리는 나쁜 버릇이 있다. 더 정확히 말하면, 단순히 '우연'에 불과할 수 있는 일(거절당한 일)을 두고 괜한 고문을 하는 셈이다. 이런 자기 고문에서 벗어나고 싶다면, 좋은 방법이 하나 있다. 잘 풀리지 않았던 그 밤의 일을 사소한 불운의 하나로 인정하면 그만이다.

날씨의 역사를 살펴보면, 바로 이 문제에 대한 모범답안을 찾을 수 있다. 거의 모든 원시사회에서, 사람들은 폭우를 하늘이 내리는 천벌로 받아들였다. 폭우가 쏟아지면 농작물이 망가지고 주거지가 침수되므로, 신이 노하여 인간을 벌하는 계시라고 믿은 것이다. 그러다 기상학의 발달 덕택에 인류는 그런 터무니없고 악의에 찬 미신으로부터 점차 벗어났다. 알다시피, 사정없이 쏟아지는 폭우는 우리 탓이 아니다. 해양 상공이나 산악지대 너머의 대기 상태가 임의적으로 상호작용을 해서 일어나는 결과일 뿐이다. 그 혹은 그녀에게 거절당한 것도 마찬가지다. 우리 자신이 뭔가를 잘못해서가 아니라, 변덕스러운 불운 때문에 연애의 들판에 홍수가 나고, 불어난 흙탕물에 사랑하고 싶은 우리의 마음이 성냥개비처럼 휩쓸려 가버린 것이다. 폭우를 '개인적인 문제'로 받아들여봐야 불운에 망상증까지 더해지는 결과 밖에는 안 된다.

날씨를 통해 배운 것처럼, '오늘은 그냥 일찍 자고 싶다'고 말하는 연인도(역시 매우 달콤한 목소리로) 같은 맥락으로 이해해야 한다. 같이 자고 싶은 사람을 선택하는 것은 우리가 아니다. 현대 과학과 정신분석학이 확실히 밝혀냈다시피, 우리의 의식이나 이성이 발언권을 갖기 훨씬 전부터 우리의 선택을 좌우하는 숨겨진 힘들이 있었다.

고통에 매몰되어 있을 때는 믿기 힘들겠지만, 'No'가 그냥 'No'일 뿐일 때도 있다.

---

*앨리펀트 맨 19세기 런던에 실존했던 사람으로 코끼리를 닮은 기형아로 태어나 동물 취급을 당했다.

욕망의
결핍

Chap 6 Lack of Desire

뜸해지는
횟수

데이지와 짐이라는 부부가 있다고 상상해보자. 두 사람은 7년 전에 결혼해서 두 아이 윌리엄(6세)과 메리(2세)를 두고 있다.

어느 주말 밤 9시 30분, 런던 북부의 한 침실에서 두 사람은 부부 침대에 나란히 기대어 앉아 있다. 여행 프로그램에 채널이 맞춰진 텔레비전에서는 이탈리아 음식에 대한 이야기가 나오고 있지만, 데이지는 그 프로그램에 관심이 없다. 족집게와 작은 손거울을 들고 눈썹을 뽑는 데 정신이 팔려 있기 때문이다. 데이지는 눈썹이 금방금방 자라는 편인데, 짐은 그 점이 매우 마음에 든다. 솔직히 그 눈썹이 아내의 성적 에너지를 보여주는 지표라는 미신적인 생각도 갖고 있다.

데이지는 방금 전에 샤워를 하고 나와서 지금은 가슴이 훤히 드러나 보이도록 흰색 타월을 느슨하게 두르고 있다. 연애 초반에 짐은 데이지의 가슴이 어떤 모양일지 자주 상상해보곤 했고, 처음 혀로 유두를 감싸던 순간엔 이성이고 뭐고 없이 자제력을 몽땅 잃어버릴 지경이었다. 하지만 이제는 데이지의 가슴이 이렇게 눈앞에 버젓이 보여도, 엄지손가락이나 정강이를 보는 것처럼 특별히 시선이 돌아가거나 흥분되지 않는다.

결국 성욕이란 단순히 옷을 벗고 있는 것과는 별로 상관없는 모양이다. 오히려 서로에 대한 흥분의 기대심리로부터 생겨나는 것 같다. 다시 말해, 그런 흥분은 옷을 벗고 침대에 같이 누운 부부에게는 일어나지 않지만, 반대로 두꺼운 스키복에 장갑과 모자로 몸을 꽁꽁 가린 채 리프트를 타고 산비탈을 오르고 있는 연애 초기의 커플에게서는 일어날 수도 있다. 텔레비전 화면에서 진행자가 한창 이탈리아 빵 피스타치오 코르네토를 칭찬하고 있는 이 방 안에서도 성욕과 옷을 벗고 있는 것은 별로 상관이 없어 보인다. 부부 침대에서 거의 벗다시피 한 채 누워 있어도 발트해의 누드 해변처럼 별다른 감흥이 일어나지 않으니 말이다.

프로그램이 끝나가고 데이지는 족집게와 거울을 옆에 내려놓는다. 그때 짐이 팔을 뻗어 아내의 손을 살짝 잡는다. 짐도 데이지도 그 이상은 아무런 행동도 하지 않는다. 잘 모르는 사람이 본다면 부부의 이런 행동이 시시해 보일 테지만, 그것은 아무 의미 없는 행동이 아니다. 지금 짐은 섹스를 시작하려는 중이니까.

논리적으로 생각하면, 오랜 연인이나 결혼한 부부 사이에서는 상대방과 성관계를 가지려고 시도할 때 그 과정에서 벌어지는 이런저런 오해와 걱정거리 따위가 전혀 없을 것 같지만, 실상은 그렇지도 않다. 물론 이론적으로는 섹스가 언제나 가능하며 합법적이다. 하지만 그렇다고 해서 한쪽만 원하는 성행위가 정당화되는 것은 아니며, 어떠한 경우든 성생활이 수월해지는 것도 아니다.

게다가 평생 성관계가 보장된다는 고무적인 가능성의 이면에는 반대로 어두운 측면도 있다. 상대방에게 잠자리를 거부당할 때 그 충격과 당혹감은 다른 어떤 관계에서 거부당하는 경우보다 근본적으로 더 심각한 상처를 입을 수 있기 때문이다. 어쨌거나 바bar에서 방금 만난 상대에게 매몰차게 거절당해봐야 그렇게 크게 당혹스럽거나 마음 아프지는 않다. 그런 퇴짜는 어떻게든 씁쓸함을 털어낼 수 있으니까. 하지만 평생을 함께하기로 약속한 사람에게 성관계를 거부당하면 훨씬 더 묘하게 치욕스럽다.

데이지와 짐은 마지막으로 사랑을 나눈 지 4주가 다 되어간다. 그 사이에 온 나라가 겨울잠에서 깨어나고 있었다. 백합은 꽃망울을 활짝 피웠고, 신세대 울새들이 첫 비행을 시작했고, 벌들은 런던의 화단을 지칠 줄 모르고 윙윙 돌고 있다. 4주면 좀 심하다 싶겠지만, 사실 뜸해진 부부관계가 이 부부에게는 그리 특별한 일도 아니다. 전에는 6주까지 간 적도 있었고, 또 그 전엔 5주 동안 잠자리를 갖지 않았다. 섹스에 관한 한 짐은 귀신같은 기억력을 갖고 있는데, 작년에 아내와 관계를 가진 횟수는 고작 아홉 번뿐이었다.

짐은 이런 저조한 횟수가 자신의 자아를 이루는 핵심을 반영하는 것 같아서 매우 수치스러웠다. 확실히 자존심에 상처를 주는 문제였고, 관점을 좀 더 넓혀서 생각해보면 사회적인 분위기와도 맞지 않는 것 같았다. 더 구체적으로 말해, 욕망의 해방을 중요하게 여겨온 근대사에 비추어볼 수 있는 문제이기도 했다. 사실 이제는 거추장스럽고 부자연스러운 옷으로 온몸을 가리고 다니거나, 원하지 않는 아이를 갖게 될까 봐 두려워하는 시대는 아니지 않은가? 섹스는 감정을 풍요롭게 해주는 순수한 유희일 뿐, 그 이상도 그 이하도 아니라고 여겨도 되는 사회가 아닌가?

짐은 아내와의 성생활에 대해 누구에게도 툭 터놓고 얘기할 수가 없어서 더 답답하다. 친구들과 만나 저녁을 먹을 때도 그런 부부 문제는 '너무 심각한 동시에 너무 사소한 문제'여서 누구도 선뜻 말을 꺼내지 못한다.

"피곤해?"

짐이 아내에게 말을 걸지만, 이 말의 속뜻은 따로 있다. '제발 나를 원한다는 마음을 보여줘.'

"내일 아침에 일찍 일어나야 해."

데이지가 하품을 하며 대답한다. 짐은 지난 39년간의 심리적 내력을 바탕으로 그 말을 이렇게 해석한다. '싫으니까 내 몸에 손대지 마.'

두 사람은 불을 끄고 어둠 속에서 아무 말 없이 나란히 누워 있다. 짐은 소리로, 또 느낌으로 아내의 기척을 느낀다. 아내는 자세가 불편한지 몸을 몇 번 뒤척이다가, 자신에게 등을 돌리며 웅크린다. 바깥에서 이런저런 소리들이 들려온다. 자동차 경적소리, 고양이 울음소리, 이따금씩 들리는 고함소리, 외출했다 귀가하는 행인들의 웃음소리…. 하지만 짐의 마음은 비참함으로 무겁게 내려앉을 뿐이다.

창녀와 나쁜 남자의
공통점

부부 사이에 잠자리가 소원한 것은 무엇보다도, 그리고 가장 순수한 관점에서 볼 때, 일상과 성애의 영역 사이를 원만하게 이동하지 못해 애를 먹기 때문이다. 성관계를 할 때 요구되는 자질은, 대다수의 일상적인 활동들을 행할 때 필요한 자질들과는 사뭇 대조적이다.

결혼을 하고 나면(결혼 직후부터는 아니더라도 수년 내에) 가정을 꾸리고 자녀를 양육해야 한다. 어디 그뿐인가? 시간 관리하기, 하고 싶은 일이 있어도 자제하기, 말 안 듣는 자녀들에게 권위를 세우고 규율을 부과하기 등등, 가끔은 작은 기업체라도 운영하는 게 아닌가 싶은 생각이 들 만큼 관료적이고 절차적인 기술이 필요해진다.

그런데 섹스는 정반대의 덕목들, 즉 자유로움, 상상력, 유희, 통제력 상실이 중요하다. 따라서 본질적으로 통제와 자기억제를 특징으로 하는 일상생활을 방해할 수밖에 없다. 다시 말해, 일단 욕망이 자연스레 발산되고 나면 야무지게 살림을 꾸린다거나 아이를 키우는 등의 가정생활 임무를 수행하는 데 부적당한 상태가 될 수도 있다. 아니면 적어도 다시 그런 임무를 재개할 생각이 들지 않을 우려가 있다.

우리가 섹스를 회피하는 이유는 그것이 재미없어서가 아니다. 섹스가 주는 쾌락이, 그 이후에 부과될 가정생활과 일상의 까다로운 요구들을 견뎌낼 인내력에 방해가 되기 때문이다. 예를 들면 이런 비유가 적당할 것 같다. 등반가가 산에 오르기 직전에, 혹은 마라토너가 마라톤을 시작하기 직전에 월트 휘트먼Walt Whitman이나 테니슨Alfred Tennyson 같은 시인들의 위대한 시를 읊조리며 그 최면적인 서정미에 빠져들고 싶어 하지 않는 것과 같은 상태 말이다. 섹스를 거부하는 정서 상태도 그와 비슷하다.

한편, 섹스는 가계를 공동으로 관리하는 사람들의 관계를 바꾸거나 균형을 무너뜨리는 일면도 가지고 있다. 섹스를 시작하려면 더러 한쪽 파트너가 치욕스럽게 보일 만한 성적 욕구를 드러냄으로써, 약자가 되어야 한다. 현실적인 일들을 논의하다가(가령, 세탁기를 어떤 것으로 바꿀지, 내년 휴가는 어디로 떠날지 등을 상의하다가), 다소 색다르고 난해한 요구를 하는 것이다. 이를테면 배우자에게 순종적인 간호사 역할을 해달라거나, 가죽부츠를 신고 욕을 해달라고 하는 등의 요구 말이다. 이런 것들은 별로 친하지 않은 사람이 보기에는 굉장히 어이없고 경멸받아 마땅한 요구들이다. 그래서 섹스를 제외하고 번듯한 일상생활의 많은 부분에서 도움을 받아야 할 누군가에게는 부탁하고 싶지 않은 것들이다. 그러므로 그런 요구들은 어쩔 수 없이 배우자에게 부탁할 수밖에 없다.

'헌신적인 관계'야말로 자신의 성적인 측면까지도 솔직하게 내보이기에 이상적인 관계일 것이라고 대체로 생각한다. 이것이 사랑에 대한 일반적인 통념이다. 200명의 하객들 앞에서 평생을 함께하기로 약속한 사람에게라면 다소 파격적인 욕구를 내보이더라도 창피해할 필요가 없다고 믿는 셈이다. 하지만 이것은 지독한 오해다. 침대 위에서 고무 마스크를 뒤집어쓴다든지 악한이나 근친상간자 행세를 하며 관계를 가질 상대라면, 앞으로 30년간 아침마다 밥을 함께 먹을 필요가 없는, 즉 생전 처음 본 사람이 더 편안할 수도 있다.

그런 의미에서 우리는 동서고금을 막론하고 누구나 궁금해했을 법한 오래된 질문 하나를 생각해보지 않을 수 없다. 사랑하는 사람과 그저 하룻밤 즐길 사람을 따로 두고 싶어 하는 욕망은, 과연 남성들만 가진 것일까? 이 문제에 관한 한 여성들도 결코 결백하지는 못할 것이다. 남자들이 여성을 성모 마리아(사랑하는 사람)와 창녀(하룻밤 즐길 사람)로 나누는 것은, 여자들이 남자를 '착한 남자'와 '나쁜 남자'로 나누는 것과 상당히 유사하다. 나쁜 남자 콤플렉스를 가진 여자들은, 겉으로는 따뜻하고 자상하며 대화가 통하는 '착한 남자'에게 끌린다고 말하면서도, 속으로는 성관계가 끝나기 무섭게 또 다른 대륙으로 떠날 궁리에 바쁜 무정한 '나쁜 남자'에게 성적으로 더 끌리는 것을 부인하지 못한다.

'창녀'와 '나쁜 남자'를 하나로 묶어주는 두 가지 공통점이 있다. 첫째는, 감정적으로나 실질적으로 진지하게 교제할 수 없는 상대라는 점, 그리고 둘째는 그 덕분에 우리의 성적 기벽이나 부끄럽고 나약한 부분에 대해 평생의 목격자나 환기자로 남을 일이 없다는 점이다. 후자는 매우 그럴듯한 장점이기도 한데, 섹스는 너무 개인적인 행위라서 항상 봐야 하는 친밀한 사람과는 하기가 곤란한 경우도 종종 있다.

하고 싶지 않다고 해서
사랑하지 않는 것은 아니다

이 대목에서 매우 깊이 있는 통찰을 제시했던 지그문트 프로이트의 애기를 안 하고 넘어갈 수가 없다. 프로이트는 오랜 파트너와의 성관계에서 겪는 문제에 대해 복잡하고 뿌리 깊은 이유를 밝혀냈다. 솔직히 말해 이 문제는 대다수의 사람들이 경험하지만, 누구도 앞장서서 연구하지 않았던 주제이기에 더더욱 의미가 있다.

1912년에 발표한 〈사랑의 영역에서 나타나는 대상 천시의 경향에 대하여On the Universal Tendency to Debasement in the Sphere of Love〉라는 제목의 논문을 통해, 프로이트는 환자들에게서 너무 자주 목격한 가슴 아픈 딜레마를 이렇게 요약했다.

'그들은 사랑하면 욕망이 없어졌고, 욕망을 느끼면 사랑할 수 없었다.'

프로이트의 추정에 따르면, 우리의 성생활은 성장환경과 관련된 두 가지 사실에 큰 영향을 받는다. 피할 수 없는 이 두 가지 사실 때문에 우리의 성생활은 점차 피폐해지게 마련이다.

첫째는, 유년기에 성관계가 엄격하게 금지되어 있는 관계의 사람들로부터 사랑을 배운다는 것이다. 그리고 둘째는, 성인이 되면 특정한 부분에 대해 어린 시절에 가장 사랑했던 사람들과 닮은 사람을 연인으로 선택하는 경향이 있다는 것이다(무의식적이긴 하지만). 그리고 이 두 가지가 한데 섞이면서 수수께끼 같은 희한한 현상이 벌어진다. 즉, 가족 이외의 누군가를 깊이 사랑하게 될수록 유년기에 느꼈던 가족 간의 친밀감이 더 강하게 상기되며, 그로 인해 본능적으로 사랑하는 상대에게 성욕을 느끼는 것에 대해 구속을 받게 된다. 원래 근친상간의 금기는 근친번식의 유전적 위험성을 제한하기 위해 생겨난 것인데, 그것이 가까운 관계의 사람과 섹스를 즐기지 못하도록 막고, 종국엔 관계를 완전히 파탄 낼 수도 있다.

특히 근친상간의 금기가 배우자와의 관계에서 다시 등장하게 될 가능성은 자식을 몇 명쯤 낳은 후부터 급격히 증가한다. 그 전까지는 젊음, 감각적인 패션, 나이트클럽, 해외여행, 알코올 같은 천연 최음제들 덕분에, 연인을 선택하는 무의식적인 기준인 부모의 원형이 상기되지 않도록 잘 방어해왔다. 하지만 이런 방어막들은 집 안에 유모차가 놓이는 순간, 구멍이 뚫리기 시작한다. 겉으로는 여전히 내가 아내(혹은 남편)의 부모가 아님을 의식하지만, 이런 의식은 날마다 하루의 대부분을 '엄마'나 '아빠'의 역할을 하면서 보내다 보면 양쪽 배우자 모두의 무의식 속에서 점점 허물어지기 십상이다.

부부가 일부러 상대의 시선을 신경 쓰며 부모 역할을 수행하는 것은 아니지만, 그럼에도 불구하고 언제나 서로의 그런 모습(엄마나 아빠 역할을 하는 모습)을 눈앞에서 보지 않을 수가 없다. 아이들을 재우고 난 뒤에 한쪽 배우자가 상대 배우자를 아무렇지도 않게 '엄마'나

'아빠'로 부르게 될 수도 있다(프로이트가 즐겨 거론했던 '의미의 착오'의 한 경우다). 그것도 하루 종일 아이들을 말 잘 듣게 하는 데 효과가 있었던, 화난 톤으로 말하면 상대방은 더 심한 혼동에 빠지기도 한다.

요컨대 다음과 같은 진실을 직시해야 한다. 두 사람은 사실 서로 동등한 배우자 관계라는 것. 그리고 부모와 성관계를 갖는 듯한 생각 때문에 당혹스러울지라도, 두 사람이 직면한 진짜 심각한 위험은 따로 있다는 것 말이다. 이는 명확하지만 잘 인식하지 못해서 양쪽 모두가 포착하기 어려운 진실이다.

지루한 카펫과 거실 의자 탓일 수도 있다

남자든 여자든, 오래된 관계를 저버리고 더 젊은 애인을 새로 사귀게 될 경우, 주위 사람들은 어떻게 반응할까? 사람들은 그런 행동의 동기에 대해 단순히 잃어버린 젊음을 되찾으려는 애처로운 몸부림으로 여기기 일쑤다. 그러나 잠재의식의 영역까지 더 깊이 파고 들어가면, 훨씬 더 복잡하고 가슴 아픈 이유를 찾아낼 수 있다. 바람을 피

우는 사람들은, 배우자를 자신과 한패라고 생각하고 배우자와의 성
관계를 방해하는 부모의 망령으로부터 도망치기 위해 바람을 피우는
것일 수도 있으니 말이다.

하지만 오랜 파트너와의 섹스가 근친상간의 금기라는 곤경에 빠지
게 될 때, 다른 파트너와 새롭게 다시 시작하는 것이 과연 그 탈출구
가 되어줄까? 당연히 아니다. 새로운 파트너 역시 시간이 지나고 관
계가 뿌리 내리게 되면 결국에는 서서히 부모로 변하게 될 테니까.
고로 우리에게 필요한 것은 새로운 상대가 아니다. 친밀한 상대를 새
롭게 인식하는 것이다. 이때 인식의 초점은, 배우자가 '어떻게 보이
는지'가 아니라 배우자의 '있는 그대로'의 실제다.

그렇다면 이러한 인식의 변환을 시작하기 위한 최선의 방법은 뭘
까? 특정한 종류의 성행위가 그에 대한 해답을 가르쳐줄 수도 있지
않을까? 이것은 소수의 몇몇 사람들만 흥미를 가진 성행위이긴 하지
만, 그럼에도 모든 오래된 관계에 적용시켜볼 수 있는 근원적인 교훈
이 담겨 있음은 분명하다.

제삼자, 즉 잘 모르는 사람을 한 명 골라 한쪽 배우자는 그 사람과
성관계를 갖고 다른 배우자는 그것을 지켜보는 데서 쾌감을 느끼는

부부들이 더러 있다. 이때 관음자 입장의 배우자는 자신의 정당한 지위를 제삼자에게 기꺼이 양보하고, 그가 배우자를 흥분하게 만드는 것을 지켜보면서 거기에서 성적 즐거움을 찾는다.

이것은 이타적 행위가 아니다. 오히려 특별한 목적을 위해, 즉 관음자에게 자신의 배우자에 대한 흥분을 일깨워주기 위해서 새로운 사람을 끌어들이는 행위다. 일상이라는 안개에 가려져 오랫동안 모호해졌던 욕망으로 다시 되짚어 돌아갈 지도로서 그 제삼자의 욕망을 이용하는 셈이다. 관음자는 그 낯선 사람을 매개로 20여 년을 함께한 배우자에게 첫날밤과 똑같은 흥분을 느낄 수 있다.

이런 접근법이 좀 거북하다면, 이것을 약간 변형한 방법도 있다. 한쪽 파트너가 상대방의 누드 사진을 찍어 그 사진을 전용 인터넷 사이트에 게시한 후에 전 세계의 네티즌에게 솔직한 의견을 구하는 방식이다. 물론 이런 행위가 상상으로는 가능할지 몰라도 현실에서 인기를 끌 수는 없을 것이다. 우리의 현실에는 관습, 질투심, 두려움이라는 장벽이 워낙 두터우니까 말이다. 인기는 어림없겠지만, 그래도 세상의 모든 관계에 적용시켜도 좋을 만한 유익한 인식의 메커니즘 한 가지는 확실하게 알려준다. 오래된 연인이나 부부의 침체된 성생활에 다시 활력을 불어넣는 해결책은 파트너를 처음 보는 사람처럼 바라볼 줄 아는 것이다.

이러한 인식 전환의 방법들 가운데는 그나마 덜 꺼림칙하고 무난한 편이어서 선뜻 실천해볼 만한 것도 있긴 하다. 바로 호텔에서 하룻밤을 묵는 것이다. 파트너에게서 에로틱한 면을 느끼지 못하는 이유를 들여다보면, 매일 변함없는 일상의 환경과 밀접한 연관을 갖는 경우가 많다. 성관계 횟수가 뜸해지는 것이, 변함없이 늘 그 자리에 있는 카펫이나 거실 의자 탓일 수도 있다는 얘기다. 왜냐하면 우리는 다른 식구를 인식할 때, 집 안에서 그가 일상적으로 보이는 태도에 따라 인식하기 때문이다. 물리적 배경은 그러한 인식의 축을 이루어지는 활동들(즉, 청소기 돌리기, 분유 타 먹이기, 빨래 널기, 세금신고서 작성하기 등)에 의해 항구적 특징을 갖는다. 그리고 그런 경향을 다시 우리에게 투영시키고, 그럼으로써 우리의 발전을 미묘하게 방해한다. 마치 집 안의 가구들이 '내가 변하지 않는 한 너희도 변할 수 없어!' 하고 우기는 것과 비슷하다.

바로 여기에서 호텔이라는 공간의 추상적 중요성이 부각된다. 호텔의 벽, 침대, 푹신푹신한 의자, 룸서비스 메뉴, 텔레비전, 꼼꼼하게

카펫이 늘 똑같다면
지속적이고 원만한 성관계를
갖는 데도
지장을 줄 수 있다.

도쿄의 파크 하얏트 호텔.

포장된 작은 비누 등은 단지 호사로움을 향유하는 것 이상의 무언가를 선사해준다. 다시 말해, 오랫동안 소원했던 성적 자아와 재회하도록 북돋워주기도 한다는 말이다.

색다른 분위기의 욕조 안에 같이 몸을 담가보는 것은 어떨까? 그 순간에 얻게 될지 모를 효과는 이루 헤아릴 수 없이 많다. 맨 처음 서로를 끌어당겼던 성적 정체성, 그러니까 가정생활에 의해 어쩔 수 없이 맡고 있는 역할 뒤에 감추어져 있던 그 성적 정체성을 재발견하게 된 덕분에 다시 황홀함 속에서 사랑을 나눌 수 있을지도 모른다. 게다가 이런 식의 심미적 인식의 행위는, 목욕 가운, 서비스로 제공된 과일 바구니, 창밖에 펼쳐진 낯선 항구의 광경에 의해 그 효과가 배가되기 마련이다.

무심함과 권태로부터 오래된 관계 구제하기

배우자를 재평가하고 다시 성적 욕망을 불태우기 위해서는 어떻게 해야 할까? 이 문제에 대한 해답은, 화가들이 화폭에 세계를 담아내는 과업에 어떤 식으로 접근하는지를 살펴보면 찾을 수 있을 것이다. 연인들과 화가들은 집중하는 일이 완전히 다르지만, 그럼에도 인간이기에 어느 순간 비슷한 약점에 직면한다. 두 부류 모두 쉽게 익숙해지고, 쉽게 싫증을 내는 경향이 있고, 무엇이든, 혹은 누구든 잘 알려진 것에는 흥미를 보이지 않는 경향이 있다는 점이다. 그래서 우리는 색다른 것, 먼 나라를 향한 감상적 낭만, 드라마틱한 사건과 관능에 대한 갈망에 과도하게 집중하는 경향이 있다.

하지만 정작 위대한 예술작품의 힘은 다른 데 있다. 위대한 작품들은 우리가 이미 이해한다고 여기던 것을 다시 돌아보게 해주어 익숙한 겉모습 뒤에 숨겨져 있던 새로운 매력, 혹은 간과해왔던 매력을 재발견하게 해준다. 그런 작품들 앞에서 우리는 평범하게 여겼던 일상의 요소들을 어느새 다시 평가하고 있는 자신을 발견한다. 화가는 화가 고유의 방법으로, 자신이 본 어느 광경에서 가장 통렬하고 인상적이며 흥미를 끄는 일면을 부각시켜, 우리가 그쪽에 흥미를 갖고 주목하도록 만든다. 그럼으로써 우리는 그 이전까지의 무심함을 버리고, 컨스터블John Constable, 게인즈버러Thomas Gainsborough, 베르메르Johannes Jan Vermeer, 호퍼Edward Hopper 같은 화가들이 작품 속에서 찾아낸 것을 우리 자신의 환경 속에서도 조금이나마 발견하게 된다.

마네가 아스파라거스에
접근했던 방법 속에는 오래된 관계를
회복시키기 위한 교훈이 담겨 있다.

마네, '아스파라거스 다발A Bunch of Asparagus', 1880년 작품.

19세기 프랑스 사람들 가운데 요리사, 미식가, 농부를 제외하면 아스파라거스에 특별히 흥미를 가진 사람은 거의 없었을 것이다. 아니, 적어도 에두아르 마네Edouard Manet가 1880년에 단단히 묶인 아스파라거스 한 다발을 그리면서 해마다 봄이면 어김없이 자라나는 이 채소 고유의 경이로움에 관심을 갖기 전까지는 말이다.

마네의 기교가 아무리 훌륭했을지라도, 그가 이 그림을 통해 이루어낸 놀라운 효과는 아스파라거스의 매력을 새롭게 만들어낸 것이 아니다. 그 매력의 존재를 알았지만, 고질적인 나쁜 관찰습관 탓에 간과해왔던 매력적인 속성을 우리가 '깨닫게' 해준 것이다.

우리 같은 보통 사람들은 그저 시시한 풀때기로 여기고 말았을 테지만, 화가는 아스파라거스의 생기와 색채와 개성을 관찰해내고 그대로 재현해냄으로써 그 하찮은 피사체를 고결하고 신성한 것으로 승화시켰다. 그리고 그것은 결국 우리에게 자연과 전원생활을 통한 구원의 철학을 제시해준다.

오래된 관계를 무심함과 권태로부터 구제하기 위해서는, 마네가 아스파라거스를 독창적인 모습으로 탈바꿈시켰듯 배우자에게도 그와 같은 시선을 가질 줄 알아야 한다. 판에 박힌 습관과 일상이라는 거대한 덮개 아래에 감추어진 좋은 점과 아름다운 모습을 찾아보자는 얘기다. 그러면 배우자가 유모차를 밀 때, 아장아장 걷는 꼬맹이와 씨름할 때, 화가 나서 전기회사 직원에게 앙칼진 목소리로 조목조목 따질 때, 직장에서 열심히 일하고 기진맥진한 채 귀가할 때…, 그런 순간순간마다 그동안 깜빡 잊고 있었던 배우자의 섹시한 단면이 자주 포착될 것이다. 아직 배우자에게 모험적이고 격정적이고 도도하고 지적인 단면이 있고, 그리고 무엇보다 생기가 살아 있음을 알게 된다.

섹스와 결혼의 평화로운 공존

하지만 이 방법대로 해봤는데도 효과가 없다면, 그래서 오래된 파트너와의 성관계가 여전히 뜸하고 시들하다면, 당황스럽고 화나고 쓸쓸한 이 기분을 어떻게 해야 할까?

현대사회는 이런 좌절을 전적으로 인정하지만 결코 타협하거나 굴복해서는 안 되는 것이라고 강요한다. 말하자면 오래된 파트너와 자주 만족스러운 성관계를 갖는 것이 정상이며, 그러지 못하는 경우를 비정상으로 치는 것이다. 실제로 20세기 후반기에 주로 미국에서 발달했던 성적 장애 치료 산업도, 지속적인 욕망으로 결혼생활에 활기를 불어넣어야 한다는 믿음을 심어주는 쪽으로 지금까지 부단히 노력해왔다.

결혼한 사람이라면 결혼식장에서부터 무덤까지 배우자와 만족스러운 섹스를 즐길 지속적인 권리를 가져야만 하는 걸까? 누구든 무조건? 이런 식의 대범한 견해는 성과학의 개척자인 윌리엄 마스터스William Masters와 버지니아 존슨Virginia Johnson이 처음으로 피력했다. 두 사람은 1970년에 출간되어 베스트셀러가 된 《인간의 성기능 부전 Human Sexual Inadequacy》이라는 책에, 부부가 변함없이 만족스러운 성관계를 갖기 위해 노력하는 과정에서 직면할 법한 장애물(질 경련, 오르가슴 부전증, 성교 동통疼痛, 사정 불능, 노화 등)에 대한 해결책을 체계적으로 정리해놓았다.

마스터스와 존슨은 독자들의 이해를 돕는 그림과 설명은 물론이고, 부부끼리 함께 해볼 만한 유익한 실천법도 친절하게 수록해놓았다. 요즘 나온 책이라 생각하고 읽기에도 문장이나 단어가 낯이 화끈거릴 만큼 노골적인 편이며, 부부들이 가진 말 못할 고통을 밝은 곳으로 끌어내려는 저자들의 헌신적 노력 또한 상당히 인상적이다. 예를 들어 시간의 역사만큼이나 오래된 한 가지 문제에 대해서는 다음과 같은 방법을 제시했다. 매우 실질적이고 깊은 공감을 끌어낼 만한 방법이라고 할 수 있다.

사정 불능의 치유를 위한 첫 단계는, 아내가 손으로 사정을 시켜주는 것이다. 이것이 잘되기까지는 며칠이 걸릴 수도 있다. 이때 유의할 점은, 서로를 다그치지 않는 것이다.

이것이야말로 문명의 발전이 아닌가. 이런 내용이 책에 버젓이 실리고, 두 성인이 아이들을 재운 후에 아무렇지도 않게, 심지어 매우 자연스럽게 이런 문제를 상의할 수 있다니.

하지만 관계를 자주 갖지 못하는 것을 자꾸만 비정상으로 여기는 생각은, 어쩐지 좀 기이하고 심하게 말하면 약간 변태적인 듯하다. 180도 뒤집어서 생각해보는 건 어떨까? 부부 사이의 성관계 횟수와 강도가 점차 시들해지는 것이, 뭔가가 잘못되었다는 암시가 아니라 단지 생물학적으로 필연적인 현상이라고 말이다. 그렇다면 그런 현상은 오히려 지극히 정상이라는 증거가 될 수 있다. 또한 그런 현상에 반항하는 것은, '언제까지나 행복할 수만은 없다'는 사실을 거부

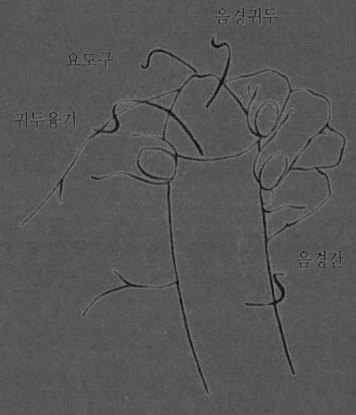

지식의 영역 확장.
이런 문제를 매우 자연스럽게
상의할 수 있다니.

마스터스와 존슨의 책 《인간의 성기능 부전》에 실제로 수록된 유익한 삽화. 1970년 출간.

하는 것이나 다름없다.

평생에 걸쳐 만족스러운 성관계가 몇 번 안 된다는 점을 감안해보면, 성관계를 무조건 자주 갖는 것을 정상으로 여기는 생각이 과연 옳을까? 섹스와 결혼이 평화롭게 공존할 수 있다면 당연히 가장 좋겠지만, 바란다고 다 그렇게 되는 것은 아니다. 그렇다면 우리가 헛된 기대를 고쳐먹고, 비현실적 환상을 버려야 하는 것 아닐까? 소위 '무능'이라는 오명을 털어버리면서 말이다. 그래서 가끔은 침대에서 그 누구의 원망도 없이 금욕주의적 평온으로 돌아누우며, 오래된 사랑을 유지하기 위해 필요한 타협을 기꺼이 받아들이는 편이 더 지혜로운 것 아닐까?

더 이상 그것이
일어나지 않을 때

Chap 7 Impotence

두 사람 모두의
상처와 충격

대다수의 남자들은 발기불능으로 고통받느니 제 발로 감옥에 들어가는 편이 더 낫다고 여기는 것 같다. 남자에게 그보다 더 치욕스러운 일은 없고, 또 그 파트너에게 그보다 더 심한 거부감을 안겨주는 일도 드물기 때문이다.

사전을 찾아보면, 발기불능은 원인에 따라 세 가지로 분류된다. 그중 하나가 심인성心因性 발기불능인데, 의학적으로 말하면, 이것은 원인이 어느 정도 해명되고 있어 본인과 배우자에게 의지가 있으면 치료가 가능하다고 한다. 그런데 현실에서 나타는 심인성 발기불능은 그렇게 쉽고 간단한 문제가 아니다.

'발기불능'이라는 말은 단순히 신체적인 불능만을 의미하는 것이 아니며, 도덕적인 의미도 함축되어 있다. 즉, 체면과 남성성을 조롱하고, 파트너의 인격과 외모를 모욕하는 비극적인 단어다. 인류의 비극은 수없이 많지만, 커플이 섹스를 시도하고 또 시도해보는데도 남자가 발기가 안 되어 침대에서 맞이하는 그런 비극보다 더 지독한 비극도 찾기 힘들다. 그 순간엔 심지어 자살 충동이 들 수도 있다.

발기불능의 진짜 문제는 성적 쾌감의 상실과는 별 상관이 없다. 성적 쾌감은 마스터베이션을 통해 쉽게 보상받을 수 있다. 그보다는 오히려 파트너와 본인, 두 사람 모두의 자존심에 가해지는 상처와 충격이 더 큰 문제다. 무기력이 무엇인지 절감할 수 있기 때문에 발기불능이 비참한 것이다.

하지만 이 대목에서 반드시 짚고 넘어가야 할 것이 있다. 혹시 우리가 무지막지한 오해를 하고 있는 건 아닐까? 그래서 문제를 잘못 해석하는 것 아닐까? 이 문제를 공정하게 재평가하려면 심리적인 원인에 의한 발기불능의 경우는 다르게 생각해야 할지 모른다. 그런 경우라면 그것은 치욕감을 느껴야 할 일이 아닐 뿐만 아니라, 어쩌면 오히려 자랑스러워해야 할 일일 수도 있으니까 말이다.

수컷들의 성관계를 파탄 낸 주범, 문명화

 이 문제를 논하기 위해서는, 먼저 논제의 거시적인 윤곽을 새롭게 그려야 한다. 언젠가 〈발기불능의 역사〉라는 진지한 학술논문에 사용되어도 손색이 없을 만큼 체계적인 윤곽이어야 한다.

 사실 이 문제는 구체적이고 실증적인 증거가 거의 전무한 편이지만, 그래도 태초의 인류가 발기불능으로 고통받지 않았을 것이라는 주장에서부터 풀어나가보자.

 태초의 유인원들은 프랑스 중부의 동굴 속 차갑고 축축한 어둠 속에서 살거나, 그레이트 리프트 밸리*의 찌는 듯한 더위 속에서 짚으로 오두막을 짓고 살았다. 야생에서 먹을 것을 구하고, 위험한 동물을 피하고, 스스로 옷을 지어 입고, 먼 친척들과 의사소통이 힘들어 고생깨나 했겠지만, 그들에게 성관계만큼은 매우 단순한 문제였다.

 당시의 남자 수렵자들은 털이 텁수룩한 팔다리로 바닥을 짚으며 파트너 위에 올라타려는 순간 머릿속에 어떤 생각이 스쳤을까? 파트너의 반응에 대한 걱정 말고는 다른 걱정이 하나도 없었을 것이다. 파트너가 그날 밤에 그것을 할 기분인지, 아니면 자기 페니스를 보고 질색하거나 지겨워하거나 혹은 그냥 모닥불의 불씨나 잘 살피며 조용히 밤을 넘기고 싶어 할지, 그 정도의 생각뿐이었을 것이다. 그때는 아직 이성이나 친절 따위가 동물적 충동의 자유로운 흐름을 방해하기 전이었으니까.

그러한 자유로움은 서양 역사에서 오랜 세월에 걸쳐 이어졌다. 수천 년 동안 본능은 이성으로부터 이렇다 할 방해를 받지 않았다. 그러다가 마침내 고전철학과 유대교 및 기독교 윤리의 영향이 예수의 사후 100여 년 동안 일반 대중들 사이에 침투하게 되었고, 그러면서 일이 이렇게 되어버린 것이다.

발기불능은 황금률(남에게 대접받고자 하는 대로 남을 대접하라)의 장려에 따라 공감의 추종자들이 늘어나는 와중에 비롯되었다. 말하자면 다른 사람이 어떻게 느낄지 사려 깊게 헤아려주고, 또 그 사람이 자신의 요구를 공격적인 것으로 여기거나 달가워하지 않을 수도 있다는 사실을 이해하려는 새로운 성향이 나타나면서, 기묘하게도 그 성향의 결실로 나타난 골칫거리가 바로 발기불능이었다.

그런 까닭에 유독 예민하거나 자의식이 나약한 사람들은, 때때로 이런저런 강박 증상을 갖게 되었다. 자신의 성욕이 다른 사람에게 역겹게 느껴지진 않을지, 자신의 성욕이 도리에 벗어나는 것처럼 보이

는 건 아닌지, 자신의 피부가 이상하거나 외모가 상대방에게 불쾌감
을 주지는 않을지, 자신의 애무가 별로인 것은 아닌지 등으로 다양하
게 고민한다.

이런 경우 유혹을 시도하기가 상당히 조심스러워질 수밖에 없다.
게다가 상상력이 풍부한 사람일수록 상대의 기분을 망칠까 봐 안절
부절못하게 마련이다. 불안의 수위는 점점 고조되고 작은 일에도 더
욱 민감해지니, 합법적인 섹스가 가능할 때조차 끝내 그런 의혹을 버
리지 못하는 지경에까지 이른다. 남자의 경우라면 발기 유지 능력이
함께 엮여 있는 문제라 치명적인 결과를 낳기도 한다.

고의는 아니지만, 결과적으로 수많은 성관계를 파탄으로 몰고 간
주범이 바로 문명civilization이다. 인권을 중시하고 인간의 친절과 도덕
적 교양을 존중하는 우리의 문명 말이다. 이것은 정말 아이러니한 일
이 아닐 수 없다. 사랑과 상냥함의 능력이 진보할수록, 그것이 도리
어 우리를 너무 과민하게 만들어 이성을 유혹하려는 시도를 주저하
게 만들 수도 있다니.

문명은 남녀 관계에 있어서 관대함, 세심함, 평등의식, 공평한 가
사 분담과 같은 굉장한 미덕을 가져다주었다. 그 점은 누구도 부인

할 수 없을 것이다. 하지만 한 가지 더 인정해야 할 것이 있다. 문명화가 우리의, 아니 적어도 남자들의 성관계를 더 어렵게 만들었다는 것이다.

문명세계에 살고 있는 우리는 잘 알고 있다. 자신의 욕망을 막무가내로 요구하거나 거칠게 밀어붙여서는 안 되고, 다른 사람을 단지 우리 자신의 욕구충족과 쾌락을 위한 수단으로 여겨서는 안 된다는 사실을 말이다.

이렇게 파트너 앞에서 주저하고 쩔쩔매는 것이 선의의 행동일 수도 있고, 또 지극히 친절한 마음에서 우러난 행동일 수도 있겠지만, 자칫하면 가망성 있는 기회마저 멀쩡히 눈 뜨고 빼앗길지 모른다.

우리는 때때로 서로 욕망이 통하는 사람을 만날 수 있다. 성적 교제를 향한 우리의 절박하고 뜨거운 갈망에 대해 전혀 질겁하지 않고, 아주 극단적인 색정조차 눈곱만큼도 혐오스러워하지 않는, 그런 사람 말이다(한마디로 만나기가 무척 힘든 사람이다).

하지만 그런 사람과 마주치더라도 우리가 먼저 행동에 나서야 할 때가 있다. 그 사람도 우리와 관계를 갖고 싶지만, 그 사실을 상기시켜줄 누군가가 필요한 경우라면 말이다. 그는 이성적인 문제와 일상의 여러 심란한 일들을 생각하느라 머리가 복잡하다. 그래서 외부의 개입이 있어야만 육욕적 자아와 다시 가까워질 것이다. 소심함으로 옴짝달싹 못하게 된 교착상태를 깨려면 한쪽이 상대방에게 불쾌감을 줄까 봐 조마조마해하는 마음을 극복해야 한다. 그리고 혼란과 주저함에 갈등하는 순간을 거치더라도, 그 기회를 잡아 결국엔 섹스가 그 복잡한 매력을 드러내도록 모험을 시도해봐야 한다.

말하자면, 처음 다가서는 순간에는 상대방이 우리의 욕망에 전혀 관심이 없는 것처럼 보이더라도, 결국엔 애정이 충만하고 의도가 선하며 서로 깊은 공감대를 형성하는 바람직한 섹스로 이어질 수 있다.

지나친 존중이 병이 되다

근본적으로 따지자면 발기불능은 지나친 존중이 병이 되어 나타나는 증상이다. 파트너에게 자신의 욕망을 강요하는 무례를 범하거나 파트너의 욕망을 채워주지 못해서 불쾌감을 주면 어쩌나 하는 두려움 때문에 일어나는 것이다. 발기부전 치료제가 잘 팔리는 시대적 현상은 현대사회 남성들의 집단적 갈망을 대변해준다. 즉, 상대를 실망시키거나 기분 상하게 할까 봐 전전긍긍하는 그 미묘하고 민감하며 예의 바르고 문명화된 걱정을 무마시켜줄 확실한 메커니즘을 갈망하고 있다는 신호다.

약물에 의존하지 않는 좀 더 바람직한 해결책이 아예 없는 것은 아니다. 가령 대형 광고판이나 패션잡지의 전면광고를 통해 남성과 여성 모두를 대상으로 다음과 같은 공공 캠페인을 벌이면 어떨까? 남자에게 종종 '신경과민'이라는 수식어가 따라붙게 되더라도 그것은 결코 문제 삼을 일이 아니며, 오히려 친절함의 진화된 모습으로 인정해주고 존중해줘야 할 좋은 자질이라고. 이런 개념을 널리 알리고 독려하는 것도 괜찮은 방법인 것 같다.

상대방에게 혐오스럽거나 몰상식한 사람으로 보일까 봐, 아니면 실망감을 줄까 봐 걱정하는 그런 면모는, 그 사람의 도덕성을 판단할 수 있는 신호이자, 유머감각을 보여주는 신호이기도 하다. 물론 후자는 의도를 적절히 전달할 줄 아는 요령을 갖춘 경우에만 해당되는 얘기다.

발기불능은 윤리적 상상의 소산인 만큼, 앞으로 미래의 남자들은 자신의 깊이 있는 정신 수준과 온화한 성품을 내비치는 수단의 하나로서 잠자리에서도 조건적으로 행동하게 될지 모른다. 오늘날 우리 남자들이 자신의 강한 남성성을 증명하기 위해 욕실에서 몰래 비아그라를 삼키는 것처럼 일상적으로.

서로에 대한 원망,
은밀한 공격과 앙갚음

이제 섹스를 건너뛴 지 한 달째가 되어가는 부부, 데이지와 짐의 얘기로 돌아가보자. 사실 데이지가 텔레비전과 전등을 끈 후에 잠자리를 피한 이유는 짐에게 화가 나 있어서였다. 하지만 그런 감정은 짐에게나, 그녀 자신에게나 정말 황당한 것이었다.

그날 데이지는 하루 종일 편안하고 느긋해 보였다. 불과 몇 시간 전까지만 해도, 부부는 겉으로 보기엔 티격태격하는 일 없이 평화롭게 저녁을 먹었고, 데이지는 식사 중에 불평하거나 언짢은 내색을 비치지 않았다. 그리고 침대에 누울 때도 데이지는 남편이 딱히 불만스러웠던 것은 아니다. 솔직히 불만이고 뭐고 남편에 대해 생각할 여유조차 없었다. 기분이 좀 울적했고, 혼자 있고 싶었던 데다, 다음 날 처리해야 할 일들을 생각하니 골치가 좀 아팠으니까.

흔히 '분노'라고 하면 얼굴이 벌게지거나 언성을 높이면서 방문을 세게 꽝 닫는 모습을 떠올린다. 하지만 스스로도 자신의 분노를 알아차리거나 인식하지 못할 때는 그냥 멍해지기 때문에, 다른 식으로 흥분하는 경우도 아주 흔하다.

우리는 파트너에게 화가 났다는 사실을 미처 인식하지 못하고, 그 때문에 곧잘 멍하고 우울해져서 잠자리를 피할 때가 많다. 이런 경향이 나타나게 되는 원인은 대체로 두 가지 중 하나다.

첫째, 화가 치밀어 오른 구체적 사건들이 너무 정신없고 어수선한 상황에서 일어나는 경우다. 화가 났는지 아닌지 제대로 분간하기 힘들 정도로 순식간에 사건이 일어나는 바람에 자신이 기분이 상했다는 것도 의식하지 못하는 것이다. 아침식사를 할 때라든가, 아이들을 학교에 데려다주는 와중에, 혹은 점심시간에 시끄러운 쇼핑몰에서 휴대전화로 통화하는 상황을 떠올려보라. 화살이 날아와 우리에게 상처를 입혔는데도, 그 화살이 갑옷의 어느 위치를 어떻게 뚫었는지 정확히 눈치 챌 경황도 여력도 없는 상황이다.

둘째, 분노를 알아차린 경우 더라도 그 화난 마음을 말로 표현하기조차 어려울 때가 많다. 말하자면 기분을 상하게 만든 일들이 너무 사소한 일이라면 입 밖에 꺼내어 따져봐야 본전도 못 찾는다. 대부분은 내가 너무 까다롭거나 별나서 그런 것이라는 결론이 나고, 상대방은 어처구니없어한다. 따지고 나서 스스로 생각해봐도 무안하고 머쓱해지는 그런 경우다.

이를테면 헤어스타일을 바꿨는데 파트너가 눈치 채지 못하거나,

바게트를 자를 때 빵 전용 도마를 쓰지 않아서 부스러기를 여기저기 떨어트릴 때, 혹은 집에 들어오자마자 별일 없었는지 묻지도 않고 곧장 텔레비전 앞으로 갈 때 정말 속상하다. 하지만 이런 대수롭지 않은 일들을 건건이 불평하기에는 어쩐지 좀 민망하다.

"바게트도 제대로 못 자르고…, 내가 당신 때문에 정말이지 화가 나서 못살겠어!"

이렇게 말한다고 치자. 유치하고 실없는, 혹은 정신 나간 사람이라는 소리를 듣기에 딱 좋다. 이런 문제를 따지는 것이 정말로 유치하고 실없는 짓일 수도 있겠지만, 유치함과 실없음이 전반적으로 인간의 조건을 구성하는 한 부분인 점을 감안하면 그것을 그렇게 나쁘게만 볼 일도 아니다. 그로 인한 불리함도 기꺼이 감수한다면 말이다. 가급적 좀 더 좋은 쪽으로 생각하고, 낙관적인 견해를 가져야 한다.

세상의 모든 커플은 객관적으로 보기엔 매우 사소하고 터무니없는 일들을 놓고 비슷비슷한 말다툼을 벌이곤 한다. 어떠한 남녀관계든 예외가 없다. 그러다 나중엔 원망이 생긴다. 누군가와 사랑에 빠진다는 것은, 우리 자신의 견지에서 본 그 사람의 이상적인 모습을 그에게 부여하는 것이다. 다시 말해, 난이도가 상당히 높은 문제(자녀 교육이나 주택 구입에 관한 문제)에서부터 하찮은 문제(소파를 놓는 방향이나, 화요일 저녁의 데이트 계획 같은 문제)에 이르기까지, 무한한 영역에 걸쳐 상대방을 '완벽함의 화신'으로 만들고자 애쓴다. 따라서 사랑을 하는 동안에는 자신의 여러 이상들 중 하나가 배신당하는 고통이나 분노를 느낄 가능성이 다분하다. 누군가와 관계를 맺게 되면, 더 이상 사소한 일 같은 것은 없어지니까.

커플들은 자신도 모르는 사이에 작은 화살을 서로에게 쏘아댄다. 일주일이면 수십 발도 넘을 것이다. 이런 작은 상처들은 표면적으로 큰 흔적을 남기지는 않는다. 기껏해야 거의 감지할 수 없는 약간의 냉랭함이 감도는 정도다. 하지만 문제는 여기에서 끝나지 않는다.

거의 감지할 수도 없는 그 냉랭함 때문에 한쪽, 혹은 양쪽 모두 상대와의 잠자리를 피하기도 한다. 알다시피 섹스란 일단 화가 나면 건네주기 쉽지 않은 선물이며, 자신이 화가 난 것조차 의식하지 못할 때는 더더욱 그렇다.

이렇게 되면 상황은 점점 더 처절한 악순환의 소용돌이에 빠져 들어간다. 부지중에 상처를 준 사람은 성적으로 벌을 받게 되고, 그러면 상대방은 더 은밀한 공격을 받고 상처를 입는다. 그들 자신도 그런 상처를 알아차리지 못하고, 제대로 처리하지 못한 채 은밀한 공격과 앙갚음을 되풀이하고 마는 것이다.

그러다 결국에는 아래의 대화처럼 폭발하게 마련이다. 이럴 때는 너그럽고 이성적인 동료이자, 믿음직스럽고 다정한 친구, 책임감 있는 사회구성원이었던 파트너가 매우 치졸하게 돌변한다. 침실 밖에서 아무리 훌륭한 사람이어도 다르지 않다.

짐 이제 나랑은 하기도 싫다 이거야?

데이지 아니야. 그냥 지금은 그럴 기분이 아니라서 그래.

짐 당신은 맨날 그 소리잖아.

데이지 아니야. 그냥 억지로 하고 싶지 않아서 그래.

짐 내가 언제 억지로 하려고 했다고!

데이지 지금 그러고 있잖아. 이렇게 들볶고 있으면서 뭐가 아니야.

짐 당신이 불감증인 건 아니고?

데이지 말이 너무 심한 거 아니야?

짐 나 옆방에 가서 잘 거야.

데이지 그러시든가. 누가 붙잡는대?

지금 이 순간에도, 전 세계의 수백, 아니 어쩌면 수천 커플 사이에서 이와 비슷한 입씨름이 오간다. 전쟁이나 절망적인 경제상황도 개의치 않고 물건을 그득그득 진열해놓은 상점들과 값비싼 고등교육 시설들이 갖추어진, 그 어느 곳보다 축복받은 지역에서도 빈번하게 일어나는 일이다.

이러한 감정대립이 야기하는 시간과 에너지, 감정의 낭비를 생각하면 당혹스러울 따름이다. 그 수백, 수천 커플은 아무리 티격태격하며 싸우고 서로에게 심한 말을 내뱉더라도, 서로를 진정으로 사랑하는 사이일 것이다. 그렇다면 무언가 방법이 있지 않을까? 왜 화가 난 것인지에 대해서 먼저 차근차근 이해하기만 해도 그들은 다시 예전처럼 알콩달콩 지낼 수 있다.

이 시대의 커플을 위한 성직자, 심리치료사

하나의 종種으로서 역사가 쌓이고 쌓여 지금에 이르면서, 이제 우리 인류는 커플들이 서로의 마음을 갈가리 찢어놓으며 관계를 파탄

내고야 마는 이유에 대해 아주 잘 이해하고 있다. 가령《커플 치유 : 효과적 치유를 위한 테크닉과 해결법Couples in Treatment : Techniques and Approaches for Effective Practice》같은 심리 실용서들을 보면 타당한 이유들이 나와 있다(이 책은 영국의 심리치료사 제럴드 윅스Gerald Weeks와 스티븐 트릿Stephen Treat이 편집자로 참여했다).

그런데 이런 정보는 누구나 읽을 수는 있지만, 정작 위기의 순간에 제대로 써먹지 못한다는 기만적인 특성이 있다. 우리에게는 조언을 구할 객관적인 관찰자와 우리의 머릿속에 바람직한 생각을 새겨줄 만트라mantra가 더 절실하다. 지식은 지식일 뿐이며, 지식을 그대로 실제에 반영할 수는 없다.

우리는 화가 나면 순식간에 이성을 잃거나 실망에 빠지고 만다. 잠깐 숨을 돌리면서 기억 속 어딘가에 있을 남녀심리에 관한 지식을 꺼내볼 틈이 없다. 또한 입씨름에 휘말리지 않고, 서로의 비난 속에 숨은 상처와 불안의 근본적인 원인을 차근차근 밝혀낼 여유도 없다.

우리가 사는 세상이 좀 더 질서가 잡힌 곳이라면, 자꾸만 서로에 대해 조목조목 트집을 잡고 치부를 들추지 못해 안달인 짐과 데이지를 그대로 내버려두지는 않을 것이다. 아마 제럴드 윅스와 스티븐 트릿 같은 심리치료사들이 두 사람을 조용한 방에 함께 앉혀놓고 각자를 지옥으로 끌고 간 대화의 매 단계를 되짚어가도록 도와줄 것이다. 너무 늦지만 않는다면, 그리고 스스로가 노력을 기울인다면 말이다. 이 부부는 서로를 향한 적의의 근원을 차츰 알아가게 될 것이다. 각자 특별한 유년기를 보내는 동안에 왜곡된 감정의 골을 흐르며 형성된 성격 때문일 수도 있음을 말이다.

세상의 모든 커플들이 일주일에 한 번씩 심리치료사를 무료로 만날 수 있다면 얼마나 좋을까? 유대인들의 금요일 저녁식사**처럼 일상생활 중에 시간을 정해 즐겁고 오붓한 분위기에서 상담할 수 있다면 정말 완벽할 것이다. 그 시간은 유대인들의 금요일 의식과 마찬가지로 감정 정화의 촉진제 역할도 해줄 것 같다.

그러기 위해서는 무엇보다도, 심리치료를 좀 더 편안하게 받아들이는 사회적인 분위기와 공감대 형성이 중요하다. 심리치료사의 상담을 받는다고 해서 정신이상자로 여기지 말아야 한다는 뜻이다. 사실 여전히 많은 사람들이 심리치료에 거부감을 가지고 있는데, 이 시대의 많은 사람들이 서서히 미쳐가고 있는 주된 이유가 바로 이런 걱정과 거부감 때문이 아닌가 싶다.

아마도 심리치료사는 다음과 같은 방식으로 이상적인 문제해결사 역할을 해줄 것이다. 우선 그동안의 관계와 현재의 갈등을 세심히 짚어본 다음, 그 커플이 너무 서툴거나 바쁘거나 혼란스러운 탓에 스스로 유도하지 못하고 있는 긍정적인 변화의 방향을 알려주고 변화하도록 독려해준다.

예컨대, 아무리 사소한 것이라도 모든 말다툼에는 나름의 심오한 의미가 있음을 깨닫게 해주고, 잠자리를 갖고 싶은 마음이 싹 달아나게 만드는 훼방꾼, 즉 맞비난과 원망이라는 악순환의 고리를 끊을 수 있도록 도와준다. 또한 서로에게 세심한 관심을 가져주는 관계로 정착시키기 위해, 난감한 문제를 어떻게 하면 쉽게 풀 수 있는지를 알려주기도 한다.

또한 심리치료사는 두 사람 모두에게 지난 일주일 동안 있었던 다툼거리들을 적어오게 한다. 말다툼의 첫 단추가 된 사건목록을 함께 검토한 후에, 두 사람이 서로의 불만에 연민을 갖고 귀 기울이도록 도와준다. 물론 이때 두 사람은 발끈해서 자기변명을 하거나 기분이 몹시 상한 채로 자기연민에 빠지지 말아야 한다. 그는 적절한 조언도 잊지 않는다. 적어도 일주일에 한 번 사랑을 나누지 않으면 과도하게 축적된 성욕이 다른 출구를 찾게 되어 두 사람의 관계에 필연적으로 악영향을 미치게 될지 모른다고.

심리치료사는 커플 각자의 심리적 내력을 짚어주고, 과거의 특별한 사건 때문에 현실을 왜곡하거나 잘못 해석하는 일면들을 지적해 인식시켜주기도 한다. 그리고 언쟁이 고조될 때는 상대를 '악의적이고 못된 사람'이 아니라 '상처받고 가슴 아파하는 사람'으로 봐주도록 설득하기도 한다.

이런 심리치료사는 새로운 종류의 성직자에 포함될지도 모른다. 사람들은 더 이상 종교적인 용서와 내세를 믿지 않지만, 여전히 현세에서는 그에 상응하는 본질이 절실하다. 이 시대의 심리치료사는 그런 사람들을 위한 성직자다.

지금 바로 옆에 있는 한 사람을 제대로 사랑하는 방법

이런 치유 서비스가 아직 존재하지 않는다면, 그것은 우리의 자본주의가 그런 서비스의 필요성을 파악하지 못할 만큼 미숙한 탓이다. 우리는 현재 남태평양 어느 섬에서 나는 과일을 바로 집 앞까지 싱싱하게 배달시킬 수 있고 초소형 전도체도 만들 수 있지만, 인간관계의 문제를 점검하고 해결해줄 효과적인 방법을 찾는 일에 대해서는 쩔쩔매고 있다.

문제는 우리의 생각이다. 다른 사람과 어울리는 요령에 관해서라면 필요한 것은 이미 다 알고 있으니 굳이 뭘 더 배우지 않아도 된다는 생각 말이다. 하지만 다른 사람과 잘 지내기란, 혼자 힘으로 풀어나갈 수 없는 어려운 일이다. 예컨대 비행기를 착륙시키는 요령이나 뇌 수술법을 직관으로 알아낼 수 없는 것과 마찬가지다.

오늘날 대다수의 직장에서는 직원들 간의 인간관계에 심각한 반목이 생기는 것을 방지하기 위해 여러 가지 제도와 절차 들을 마련해놓았다. 반면 현대의 연인들은 여전히 자신들의 관계에 모범적인 실천 방법을 응용하거나 외부의 도움을 받아들이는 데 주저하고 있다. '생각'을 너무 많이 하면 '감정'이 피어오르지 못할지도 모른다는 염려에 집착하는 게 아닐까? 더 발전적인 관계를 만들고 유지하는 것에 대해 생각을 많이, 그리고 끊임없이 하는 것만이 서로의 관계를 파탄으로 몰고 가지 않도록 지켜줄 유일한 방법일 수도 있다. 그 사실은 이미 너무나 명백하지 않은가?

우리 시대의 남녀관계를 지배하는 통념은, '이상적인 사람을 찾는 것이 가장 어렵다'고 생각하는 것이다. 지금 바로 옆에 있는 한 사람

(그렇다고 해서 반드시 그가 이상적이지 않다는 것은 아니지만) 사랑하는 방법에 대해서는 대수롭지 않게 여긴다.

우리가 사랑을 유지하는 데 애쓰기를 주저하는 이유는, 유년기의 감정적인 경험과 밀접한 연관이 있다. 우리에게 맨 처음으로 사랑을 준 사람들이 어떠했는지 생각해보자. 우리의 부모님들은 자신들이 그 사랑을 지속하기 위해 얼마나 많은 노력을 쏟고 있는지 말해준 적이 없고, 우리에게 사랑을 베풀면서도 우리가 그대로 되갚아주길 요구하지도 않았다. 또한 자신들의 약점, 걱정, 욕구를 드러내는 일도 드물었다. 그리고 연인으로서의 행동보다는 부모로서의 행동을 더 훌륭히 해냈다.

그분들의 의도야 더없이 자애로운 것이었겠지만, 결과적으로 훗날 우리에게 복잡한 영향을 미치게 될 환상을 심어주고 말았다. 꽤 잘 맞고 무난한 남녀관계에서조차 원만한 관계를 이어가기 위해서는 그에 합당한 노력을 기울여야 함에도 불구하고, 미처 그럴 마음의 자세를 갖추지 못한 것이다.

성인기의 사랑에서 균형 잡힌 시각을 가지려면, 어린 시절에 사랑받던 느낌을 기억하기보다는 부모님이 우리를 사랑하는 데 무엇을 감수했는지, 다시 말해 얼마나 큰 노력을 쏟았는지를 생각해봐야 한다. 그에 맞먹는 노력을 쏟아야만, 파트너가 은밀하게 불만의 화살을 쏠 때 그것을 감지하고 그 원인을 해결함으로써 더 행복한 관계를 이어갈 수 있다. 또한 애정이 넘치는 분위기 속에서 더 자주 성관계를 갖게 되는 것은 여기에 덤으로 따라오는 행운이다.

---

* **그레이트 리프트 밸리** 아시아 남서부 요단강의 계곡에서 아프리카 동부의 모잠비크 중부로 이어지는 세계 최대의 지구대地溝帶.
** 유대인들은 매주 금요일 저녁에 온 가족이 둘러앉아 함께 식사를 한다.

포르노

Chap 8 Pornography

포르노를 보지 말아야 할
마땅한 이유가 없지 않은가?

다시 짐과 데이지의 침실로 돌아가보자. 아주 유치한 방식으로 폭발한 후, 두 사람은 속으로 방금 전에 자신이 한 말을 후회하면서, 그런 식으로 상대방에게 상처를 준 스스로를 책망했다. '그렇게까지 말하는 게 아니었는데' 하면서 말이다. 하지만 짐도 데이지도 정확히 누가 뭘 잘못했는지 모르는 상태에서 부지불식간에 벌어진 일이라서, 피차 먼저 상대에게 사과하기는 싫다.

그렇게 문을 쾅 닫고 나간 짐은 컴퓨터가 있는 위층으로 올라갔다. 오늘처럼 다투는 일이 없더라도 짐은 종종 데이지가 잠들고 나면 침대에서 살금살금 빠져나가 위층의 작은 방으로 올라간다. 마음속 악마의 유혹은 여간해서는 뿌리치기가 힘들다.

인터넷 옹호자들이 줄기차게 지적하듯, 인터넷은 최상의 학습도구로서 전 세계 곳곳에 흩어져 있는 사람들의 단편적인 지식들을 이어준다. 그 결과 끊임없이 활동하는, 전 지구적 지성이 구축된 것이다. 하나로 연결된 거대한 지성 덕분에 마우스를 클릭하거나 키보드를 두드리기만 하면, 짐은 의회 도서관의 전자책을 훑어보거나 이탈리아 남부의 내일 날씨를 확인할 수 있다. 그리고 캘리포니아 클래식 자동차 쇼에 나온 차들을 구경하거나, 지난 20년간 지구의 기후 변화를 그래프로 비교해볼 수도 있다.

물론 '십대들의 문란한 사생활' 같은 키워드로 관련 동영상을 간단히 검색할 수 있고, 그것들을 넋 놓고 바라볼 수도 있다. 따지고 보면 전 세계적으로 순수문학 서적의 판매가 부진해진 것도 당연한 일이다. 이토록 놀랍고 자극적인 것들과 경쟁하려면 어지간히 흥미롭지 않으면 안 될 테니까 말이다. 우주선의 화성 착륙이라든가, 아이의 첫 번째 크리스마스 연극 무대, 셰익스피어의 미발표 원고 발견 같은 것들도 포르노 앞에서는 고전을 면치 못할 수밖에 없다.

어쨌거나 이 시대의 정말 심각한 문제는, 포르노 관련 키워드를 클

릭하는 데 집착하는 것 대신 자신의 삶을 스스로 주도해나가는 쪽을
선택할 만한 적당한 이유가 없다는 점이다.

포르노에 소비되는
2억 인시

　포르노를 비난하는 사람들은, 포르노는 '가짜' 위안을 줄 뿐이며,
따라서 분별 있고 지적인 존재에게는 행동에 별 위협이 되지 못한다
는 주장을 곧잘 제기한다. 그런데 이런 주장을 하는 사람들은 대부분
포르노물을 직접 접해본 경험이 별로 없는 순진한 사람들이다. 기껏
해야 과월호 〈플레이보이Playboy〉 지를 한두 번 슬쩍 보았거나, 수년
전에 호텔 텔레비전에서 성인채널의 예고편을 언뜻 본 것이 전부인,
일종의 복 받은 사람들이다.

　안됐지만 이것은 굉장한 착각이다. 현대의 포르노물은 실제의 삶
과 구분이 안 될 만큼 세세한 부분까지 매우 사실적이다. 물론 현실
과 엄청난 차이가 나는 점도 있긴 있다. 어찌된 노릇인지 포르노물에
나오는 사람들은 하나같이 시종일관 황홀한 섹스를 즐긴다는 점에서

말이다. 현실은 전혀 그렇지 않은데.

당연한 얘기지만, 포르노와 관계된 전 인류의 시간낭비는 가히 충격적이다. 금융분석가들은 온라인 포르노 산업의 가치를 연간 100억 달러로 평가하고 있지만, 이것은 그 실질적 규모를 가늠하기에 어림 없는 수치이거니와, 인력의 낭비에 대해서는 간과한 평가다. www.hotincest.com나 spanksgalore.com 같은 사이트에 힐끗거리며(혹은 푹 빠져서) 시간을 허비하는 대신에 새로운 교제, 자녀양육, 암 치료, 걸작 집필, 다락방 정리 같은 다른 활동에 쏟을 수 있는 에너지를 따져보면 연간 2억 인시人時로 추산된다.

남성의 설계적 결함을 부당하게 이용하는 포르노

포르노는 포르노 이외의 다른 인생의 목적이나 가치관에는 완전히 대치된다(아쉽게도 오르가슴을 느끼고 난 후에야 깨닫게 되는 것이지만). 방금 전에 또 한 번 클릭하면서 자신의 귀중한 자산을 낭비했다는 후회뿐만 아니라, 지금부터는 잠시 정신을 놓아버렸던 자신에 대한 혐오감과 수치심에 직면해야 할 테니까 말이다. 《니코마코스 윤리학》에서 아리스토텔레스가 설파한 '고결함(미덕과 가장 부합하는 인간성을 최대한 발휘하는 것)'은, 구 소련 어딘가에 사는 이름 모를 여성이 세 명의 남자에게 억지로 끌려와 겁탈당하고 그 장면이 전 세계의 광적인 포르노 관중들의 즐거움을 위해 녹화되는 순간, 가차 없이 내팽개쳐지고 만다. 그와 동시에 존엄, 행복, 도덕성과는 까마득히 멀어지고, 쾌락에 가까워진다(적어도 일부 사람들의 경우이지만).

하지만 이 독약은 뿌리치기가 쉽지 않다. 시스코, 델, 오라클, 마이크로소프트 같은 IT 업체들과 수천 곳에 이르는 포르노 콘텐츠 제공업자들 사이의 동맹이(실제로 있을 법하지도 않고, 어느 정도는 부지불식간에 일어나는 동맹이긴 하지만 어쨌든), 남성의 설계적 결함을 부당하게 이용하고 있다. 원래 남자들의 정신은 사바나에서 원주민 여인을 우연히 보는 상황에서는 성욕을 별로 느끼지 않고 잘 대처하도록 설계되었지만, 포르노 앞에서는 통제불능이 되어버리는 구조적 결함을 가지고 있다. 포르노 업자들과 IT 기업들의 동맹 덕분에 이러한 구조적 결함이 만천하에 공개되는 것이다.

사드 후작이 병든 정신으로 생각해낸 그 어떤 기발한 것보다도 자극의 수위가 월등히 높은 호색적인 포르노 시나리오들로부터 빗발치는 초대의 공세를 받으면 남자들의 정신세계는 무력해지고 만다. 또한 과학기술의 발달에 따른 심리적 결손을 메워주는 데 포르노만큼 강력한 것도 없다. 다른 중요한 일들을 팽개치고 포르노사이트에서 몇 분 더(결국에는 4시간이 될 수도 있지만) 은거하고 싶어지는 열망 말이다. 세상에 그보다 더 강한 것도 없다.

과거에는 오락거리라고는 걸어서 20분 거리에 사는 이웃과 잡담을 나누는 것뿐이었다. 그 시절엔 은은한 촛불 아래에서 체호프의 단편소설에 빠져들기가 그리 어렵지 않았다. 하지만 지금은 컴퓨터 모니터를 두 대 연결해, 왼쪽에는 치어리더들의 나체 사진들을 쭉 늘어놓고, 오른쪽에는 MSN 메신저를 띄울 수 있다. 메신저 대화창에서 십대 레즈비언 행세를 하면서(호기심은 있지만 경험이 없는 척하면서) 성적 자각의 세계로 첫발을 떼어보라고 은근히 유혹하는 몸매 좋은 스물다섯 살의 봉 댄서(실제로는 피부가 축 늘어진 53세의 남자 트럭 운전사)와 실시간 대화를 나눌 수 있는 시대가 아닌가? 그런 상황에서 체호프 같은 고즈넉한 작가들이 우리의 관심과 흥미를 자극할 가능성이 얼마나 되겠는가?

개인의 자유를 옹호하는
두 가지 근거

현대 세속사회의 배경을 이루는 지적 체계는 존 로크John Locke나 볼테르Voltaire 같은 17~18세기의 사상가들에 의해 처음 다져졌다. 그런데 그 중심에는 바로 개인의 자유에 대한 이상이 있었다. '좋은 사회'란 시민들이 무엇이든 읽고 싶은 것을 읽고 보고 싶은 것을 보며, 자신의 선택에 따라 어떤 신이든 숭배할 수 있도록 간섭받지 않는 사회라는 이상이다. 타인에게 해를 끼치지 않는 한 개인의 자유에는 한계가 없다고 여겼다. 쉽게 말해, 이웃의 목숨을 빼앗거나 재산을 강탈하는 등의 극단적인 행동을 제외하면 뭐든 마음대로 할 수 있다는 것이다.

이런 '개인의 자유'에 대한 기본원칙 중에는, 존 스튜어트 밀John Stuart Mill이 1859년에 발표한 논문 〈자유론On Liberty〉에서 제기한 주장이 가장 유명하다. 그 내용은 이렇다.

'그 이름이 부끄럽지 않은 자유란, 남들의 자유를 빼앗거나 남들의 자유 실현을 방해하려 들지 않는 한, 우리 마음대로 우리의 이익을 추구하는 자유다. 우리의 신체나 정신, 영혼의 건강을 지키는 데 타당한 적임자는 바로 각각의 개인 자신이다.'

현대 민주주의에서 가장 특별하고 훌륭한 것이 무엇인지에 대해 논할 때면, 우리는 주저 없이 자유를 꼽는다. 자유의 이상에 대한 이런 무의식적 옹호는 대체로 다음과 같은 두 가지 근거에 따른다.

첫째는 경계심리의 발동이다. 우리는 어떠한 식으로든 국가가 개인의 삶을 간섭할 경우, 어떤 위험이 따르는지 잘 알고 있다. 또한 다른 사람이 살아가야 할 삶의 방식을 이해한다는 것은 불가능하다고 믿으며, 다른 사람들의 행동을 제한하는 것은 그로부터 얻게 될 잠재적 이득보다 그 자체에 내재한 위험이 훨씬 크다고 여긴다. 쉽게 말해 남의 삶에 간섭하거나 내 삶을 간섭당하는 것은 불행을 초래할 위험이 크므로, 그런 위험을 무릅쓰느니 자신의 구제는 각자 알아서 하도록 맡기는 편이 차라리 낫다는 것이다. 그리고 이런 근거에 조금이라도 의혹이 들러붙을까 봐 노심초사하는 마음으로 히틀러나 스탈린의 망령을 심심찮게 거론하기도 한다. 한 사람이 다른 모든 사람들을 위한 최선책을 안다고 판단할 경우에 어떤 일이 생길 수 있는지를 상기시키기 위해서다.

우리가 개인의 자유를 옹호하는 두 번째 근거는 인간에 대한 낙관적인 믿음이다. 즉, 인간은 본질적으로 성숙하고 이성적인 동물이므로 지나친 보호가 없어도 자신의 욕구를 무난히 가늠하고 자신의 이익을 보살피면서 혼자 힘으로 아주 잘 지낼 수 있다고 믿는 것이다. 따라서 우리 인간은 무엇을 보든 읽든 듣든, 그것에 지나친 영향을 받을 염려가 별로 없으므로 어떤 것에 노출되는지 감시당할 필요가 없다고 생각한다. 예컨대 인간은 책이나 그림을 보고 돌이킬 수 없는 타격을 입을 일도 없고, 피 튀기는 장면이 계속되는 잔인한 소설을 읽고 잔인하게 변할 리도 없으며, 고작 영화나 사진 때문에 도덕감각을 잃을 일도 없다는 것이다. 개인의 자유를 옹호하는 사람들은 인간의 정신적 평정심이 이 모든 것들보다 더 강하다고 굳게 믿고 있다. 인간은 압지처럼 모든 것을 빨아들이지는 않으므로, 자유언론이나 민주주의적 이상과 더불어 무탈하게 살아가는 것은 물론이요, 그것에 자부심을 느낄 수도 있다고 말이다.

우리를 함정에 빠트리는 '구속 없는 자유'

이런 세속주의는 대다수의 종교적 신념들과는 속속들이 모순된다. 현대의 자유주의 철학이 발전하게 된 주된 계기가 종교 교리에 대한 반발이었으니, 어쩌면 모순되는 게 당연한지도 모르겠다. 어쨌든 신앙이 초지일관 주장해온 것은, 자신들이 옳고 그름에 대한 아주 확실한 판단력을 지니고 있으며, 따라서 사람들에게 자신들의 가치체계를 강요할 도덕적 의무를 가지고 있다는 것이다. 필요하다면 강경하고 강압적인 태도로 강요할 수도 있다고 주장한다.

그뿐 아니다. 인간이 도처에 산재된 메시지들로부터 아무런 영향을 받지 않는다는 건 가당치 않다고 여기기도 한다. 오히려 읽거나 보는 내용에 크게 영향을 받으니, 끊임없이 자신으로부터 자신을 지키게 해줘야 한다고 주장한다. 한마디로 감시의 필요성을 옹호하는 셈이다.

사람들은 대체로 '감시'라는 단어에 질색한다. 그 말을 들으면 소련이나 나치의 실험은 물론이고 종교적 전횡으로 우를 범했던 중세의 종교재판을 떠올리기 일쑤다. 하지만 감시라는 개념을 무조건 거부하기 전에 이렇게 생각해보는 건 어떨까? 우리가 바닥에 오싹한 시나리오가 펼쳐져 있는 위험한 비탈길 위에 서 있다면, 감시가 유익하고 필수적인 것이 될 수도 있지 않을까? 어쩌면 대다수의 종교에서 주장하는 것처럼, 우리는 정말로 읽고 보는 것에 취약해서 책이나 시각 자료에 별다른 영향을 받지 않는 것이 아닐 수도 있다.

우리 인간은 격정적이거나 무분별할 때가 많고, 파멸적 호르몬과 욕망에 시달리다 금세 판단력이 흐려지기도 한다. 이런 취약성은 인본주의적 자아상에 대한 모욕이 될 수도 있겠지만, 그릇된 상황에 노출되면 치명적인 길로 내몰릴지 모른다. 해로운 독서로 인해 도덕적 나침반의 바늘이 구부러질 수도 있고, 번드르르한 잡지의 악의적 광고들로 인해 (광고주들도 익히 잘 알고 있듯이) 가치관에 혼란이 빚어질 수도 있다.

이처럼 극단적인 경우를 생각하면 약간의 검열도 그리 나쁘지는 않을 듯싶다. 물론 독단적이고 압제적인 권위에 모든 자유를 양도하지 않는 수준에서 이루어져야 하겠지만, 가끔은 상황에 따라 우리의 권리에 대한 어느 정도의 제한조치를 받아들일 줄도 알아야 한다. 우리 자신의 행복과 역량 신장을 위해서라도 반드시 그렇다.

구속 없는 자유는 역설적으로 우리를 함정에 빠뜨릴 수도 있다. 얼른 정신을 차리고 이 점을 스스로 깨달아야 한다. 인터넷 포르노물에 관한 한, 선의를 가진 감시의 주체에게 기꺼이 자신의 특권을 약간만 양도해준다면, 그 자체가 스스로에 대한 호의가 될 수도 있다.

개인의 자유를 보호할 것인가, 제한할 것인가? 이 문제에 대해 비판적이지 않으면서도 자유롭고 '현대적인' 태도를 유지할 수 있는 사람들은 누굴까? 아마도 성적 격정에 휩싸여 논리적 자아를 완전히 잃어본 적이 없는 사람들만이 가능할 것이다. 성적 자유에 관한 고상한 철학은, 파멸적이거나 괴상한(구속에서 해방되기만 하면 채우고 싶어 안달이 나는) 욕망을 한 번도 품어보지 않은 사람들에게 호소력을 갖는 것 같다.

그와 반대로, 대체로 성욕의 힘에 휘둘리며 살아온 사람들, 특히 인터넷 포르노를 경험하면서 이성적으로 중요한 것들의 우선순위를 뒤로 미뤄본 사람들은 '성적 자유'라는 주제에 대해 아주 혹독한 태도를 가지기 쉽다. 솔직히 말해서 한밤중에 포르노영화나 남들이 섹스하는 장면을 담은 동영상을 몇 시간이고 눈이 아프도록 보고 나면, 그 누구보다 자유주의를 옹호하는 사람들조차 지구상의 서버, 라우터, 데이터 팜data-farm**, 광케이블을 하나도 남김없이 다 불태워버리라고, 그래서 우리의 가정과 머릿속에 독약을 줄기차게 제공하는 주범인 전 세계 인터넷 시스템을 확실히 끝장내야 한다고 주장하게 될지도 모른다.

포르노는 술이나 마약과 비슷하다. 우리의 인생에는 삶을 제대로 이끌어 가려면 반드시 겪어야만 하는 여러 가지 고통이 있고, 우리는 그것을 견딜 수 있는 능력을 키우며 살아간다. 하지만 포르노는 그런 능력을 갉아먹는다. 좀 더 구체적으로 말하면, 막연한 불안과 권태 같은 모호한 기분을 견딜 수 있는 능력을 없앤다. 우리가 살면서 느끼는 불안감은 괜한 불안이 아닌 실체가 있는 진짜 불안이지만, 어쨌거나 혼란스러운 신호다. 즉, 뭔가가 잘못되었으니 주의를 기울여 끈기 있게 해석해내야 한다는 신호다. 그런데 지금껏 발명된 가장 강력한 오락거리인 포르노에 빠져 있을 때는 그 해석의 과정을 제대로 완료해낼 가망이 없다.

어떻게 보면 인터넷 전체가 포르노나 다름없다. 우리는 그러한 자극에 저항할 수 있는 선천적인 능력이 없는데, 인터넷은 끊임없이 그런 자극을 보낸다. 대체로 인생에 아무 도움도 안 되는 자극들을 말이다. 게다가 휴대전화나 태블릿PC 등의 발달로 언제 어디서든 포르노에 편리하게 접근할 수 있게 된 탓에, 우리의 머릿속에는 '권태'가 비집고 들어갈 자리가 없어졌고, 권태에 대한 인내심이 현저히 줄어들었다.

목욕할 때나 장거리 기차여행을 할 때 즐길 수 있는 창의적인 권태야말로 좋은 아이디어를 낳는 데 꼭 필요하다. 우리 자신의 생각으로부터 도망가고 싶은, 거의 저항하기 힘든 열망이 느껴질 때마다 우리는 우리의 의식으로 들어가 중요한 뭔가가 있음을 확신한다. 하지만 바로 그렇게 생각이 잉태되는 결정적 순간에, 인터넷 포르노가 맹렬한 흡인력을 발휘해 의식으로 들어간 우리를 도로 *끄*집어낸다. 그렇게 자신으로부터 퇴출되어 멀어지는 순간, 우리는 스스로의 현재와 미래를 망치기 가장 쉬운 상태가 된다.

종교계의
경고

섹스에는 분명히 중요한 것들의 우선순위를 외면하게 만드는 힘이 있다. 그러한 유혹의 힘을 제대로 걱정하고, 심각하게 여기는 것은 종교계뿐이다. 종교는 섹스 자체를 잠재적 위험성을 가진, 경계해야 할 대상으로 보고 있다.

목사님이나 신부님이 신도들에게 '섹스' 대신 '생각'을 바라는 것에 대해서 공감할 수 없을지도 모르겠다. 그리고 종교가 섹스를 검열하는 방법이 마음에 안 들 수도 있다. 하지만 한 가지만큼은 종교계의 주장을 확실히 인정해도 될 듯싶다(www.youporn.com에서 몇 시간이나 죽치고 난 후에야 그런 생각이 들 수도 있지만). 바로 성과 성적 이미지가 우리의 고결한 이성적 능력을 쉽게 압도할 수 있다는 것이다. 그것도 울적해질 정도로 너무 쉽게 말이다.

앞에서 말했듯이, 세속적인 세상은 검열에 대한 저항의식이 투철하고 인류의 성숙함에 대한 강력한 믿음이 있다. 하지만 이상한 점이 하나 있다. 이슬람교가 여성들에게 히잡과 부르카 착용을 강요하는 것에 대해서는 왜 비난하지 않는 걸까? 여자들에게 머리끝에서 발끝까지 모조리 가려야 한다고 강요하는 취지는, 남자 신도들의 마음이 어지러워져 알라에 집중하지 못할까 봐서 그렇단다.

이것은 세속주의의 수호자가 들으면 코웃음을 칠 얘기다. 이성적인 성인 남자가 여성의 요염한 무릎이나 팔꿈치를 흘끔 쳐다봤다고 해서 정말로 큰일이 날 만큼 어마어마한 정신적 혼란에 빠지겠는가? 그리고 정신에 심각한 문제가 있는 사람이 아니라면, 어느 누가 반라로 해안가를 거니는 도발적인 십대 소녀들을 보고 큰일 날 만큼 흥분하겠는가?

세속 사회는 비키니나 성적 도발을 거북해하지 않는다. 가장 큰 이유는 성적 관심과 매력이 사람들에게 엄청난 영향력을 행사하지 못한다고 믿기 때문이다. 실제로 남자들은 요염한 모습으로 돌아다니는 여자들을 온라인상에서나 눈앞에서 직접 볼 수 있지만, 그런 후엔

금세 별일 없었던 것처럼 하던 일을 계속한다.

종교계는 때때로 고상한 체한다는 조롱을 받지만, 성에 대한 경고는 고상한 체하는 게 아니다. 욕망의 마력을 적극적으로 의식했기 때문에 경고하는 것이다. 성이 꽤 경이로운 것이 될 수도 있다는 사실을 깨닫지 못했다면, 성을 그렇게 나쁜 것으로 비난할 리 없지 않은가? 다시 말해 이 경이로운 성이 우리의 다른 중요하고 숭고한 관심사, 즉 신이나 삶 같은 것에 집중하는 데 방해가 될 수 있다는 점을 염려한 것이다.

아름다운 것을 아예 못 보게 하는 수준이 아니라면, 인터넷 검열제도를 이해하고 광케이블로 아무 때나 제한 없이 포르노를 다운받지 못하게 제한하려는 정부의 시도에 박수를 보낼 수 있다. 이 시대가 더 이상 신을 믿지 않는다고 할지라도, 인류의 정신건강을 위해서나 질서와 사랑이 충만한 사회를 유지하기 위해서 어느 정도의 억압은 필요하다는 것, 이 점만은 인정해야 할지 모른다.

또한 우리 자신을 위해서도 성적 충동은 어느 정도 억누를 줄 알아야 한다. 억제란 기독교 신자나, 이슬람교도, 꽉 막힌 도덕군자들만이 아니라 우리 모두에게, 그리고 평생토록 필요한 것이다. 우리는 일을 해야 하고, 배우자에게 충실해야 하고, 자식을 키워야 하고, 자

섹스는 중요한 것의 우선순위를
바꿔놓을 만큼 엄청난 위력을 가졌다.
그런데 이러한 점에 대해
심각하게 여기는 집단은
종교계뿐이다.

세속 사회는 비키니나 성적 도발을
거북해하지 않는다.
실제로 남자들은
요염한 차림의 여자들을 직접 보더라도,
금세 별일 없었던 것처럼
하던 일을 계속한다.

기탐구도 해야 하는 사람들이다. 그런 만큼 온라인에서든 오프라인에서든 성적 충동을 거침없이 드러내서는 곤란하다. 충동을 억제하지 않고 내버려두다간 자폭하기 딱 좋으니까.

고결한 인간 본성을 일깨우는 미래의 포르노

한편, 사람들은 흔히 포르노가 전 세계 곳곳에 확산되어 어디에서나 쉽게 접근할 수 있다는 점을 걱정한다. 하지만 어쩌면 포르노의 진짜 문제는 그런 것이 아닐 수도 있다. 그 본질과 속성이 진짜 문제인지도 모른다. 분별력 있고 도덕적이며 선량하고 야심이 있는 사람에게 포르노는 그다지 큰 문젯거리가 아니다. 포르노에 푹 빠져 그가 평소에 가진 다른 관심사들(섹스를 포함해서)로부터 완전히 멀어지지만 않는다면 말이다.

하지만 요즘 나오는 포르노물은, 분별없는 욕망에 자신을 송두리째 내주느라 윤리, 미의식, 지성을 뒷전으로 내팽개치게 만든다는 문제가 있다. 따지고 보면 포르노는 스토리는 황당하고, 대사는 엉터리

이며, 배우는 소모품 취급을 받으며 착취당하는 수준이다. 뿐만 아니라 배경도 엉성하고 촬영도 거의 관음증 환자 수준이라서, 다 보고 나면 혐오감만 남게 마련이다.

하지만 욕망과 지성 사이에서 냉혹하게도 어느 한쪽만을 선택해야 하는 그런 포르노가 아닌, 새로운 유형의 포르노가 존재한다면 어떨까? 말하자면 성적 욕망으로 우리의 고결한 가치관을 손상시키는 게 아니라 오히려 지지하도록 도와주는 포르노 말이다. 사실 그런 유형의 포르노와 유사하다고 볼 수 있는 분야가 이미 존재하기는 한다. 설마 싶겠지만, 정말 의외로, 기독교 미술 분야가 바로 그것이다.

기독교 미술은 과거 어느 짧은 시기 동안 성적 욕망이 반드시 선에 맞서는 적敵이 될 필요가 없음을 이해했다. 그리고 제대로만 인도한다면 선을 북돋워줄 수도 있다고 말이다. 성전의 제단 뒤쪽을 장식하고 있는 이탈리아의 화가 프라 필리포 리피Fra Filippo Lippi나 산드로 보티첼리Sandro Botticelli의 그림들을 보면, 그림 속의 성모 마리아는 황홀한 배경 속에서 아름다운 의상을 차려입고 있을 뿐만 아니라 고혹적인 자태를 뽐내고 있다. 단순히 고혹적인 수준을 넘어 부인할 수 없을 만큼 섹시하기까지 한 경우도 많다. 미술사학자들의 논의나 미술관 카탈로 그에서 통상적으로 거론될 만한 주제는 아니지만, 어쨌든 기독교의 성모 마리아에게는 확실히 사람을 흥분시킬 만한 뭔가가 있다.

의도적으로 이런 효과를 연출했던 당대의 기독교 화가들은, 성욕에 대한 교계의 통상적 경계를 위반하려는 의도에서 그랬던 것이 아니다. 오히려 성욕이 어느 특정한 순간에 기독교의 과제인 교화의 촉진을 유도할 수 있으리라고 믿었다.

다시 말해, 그림을 보는 사람들에게 성모 마리아가 그 누구보다 고결한 인간임을(인자함, 자기희생, 온화함, 선의 화신임을) 설득시킬 수 있다면, 지극히 잠재의식적이고 미묘한 방식을 통해 성모 마리아를 성적으로 꽤 매혹적인 여인으로 묘사할 수도 있었다. 그리고 그럴 경우에 교화에 도움이 될지 모른다고 생각했다.

현대 포르노 산업이 찍어내는 그렇고 그런 장면이 아닌 보티첼리의 성모 마리아를 보면서 성적 판타지를 꿈꿀 때, 한 가지 좋은 점이 있다. 보티첼리의 성모 마리아는 성욕과 그것 이외에 우리가 갈망하는 다른 가치 사이에서 거북한 선택을 내리도록 강요하지 않는다는 것이다. 여전히 미의식과 윤리의식이 깨어 있는 상태에서 육체적 충동에 자신을 완전히 내맡기게 해준다. 한마디로, 섹스와 미덕 사이에 가교가 되어준다는 얘기다.

친절함과 미덕에 대한
관심을 떨어뜨리기보다는
오히려 북돋워주는 섹시함.

보티첼리, '책을 읽고 있는 성모 마리아The Madonna of the Book', 1483년 경 작품.

성모 마리아의 이미지를 언급한 이 사례에서, 우리는 계몽되거나 통합될 미래의 포르노가 지향해야 할 이상적인 유형을 엿볼 수 있다. 고결한 인간 본성의 다른 일면들에 대해서도 주의를 일깨워주는 맥락에서 욕망을 자극하는 것, 그것이 바로 포르노의 이상적인 미래상이다. 이를테면 위트나 친절함, 기발함, 성실한 노동윤리 같은 고결한 인간 본성을 일깨움으로써, 성적 흥분을 통해 행복한 삶을 이루는 섹스 외의 다른 요소들에까지 존경심을 갖도록 만드는 것이다. 성욕이 어리석음, 잔인함, 집착, 착취와 한통속으로 취급받으며 욕먹어온 수모를 벗어나, 우리 내부의 가장 고결한 가치들의 그룹에 포함될 수 있게 해주는 것이다.

이 시대의 포르노는 다 보고 나면 자기혐오가 남을 뿐이지만, 앞에서 언급한 새로운 차원의 포르노는 그런 자기혐오를 가라앉혀주는 더없이 소중한 혜택을 줄 것이다.

또한 질풍노도에 있는 사춘기 청소년들의 마음도 붙잡아줄 수 있다. 부모들을 당혹스럽게 만들 뿐만 아니라, 스스로도 지독한 양심의 가책을 느끼면서 포르노에 빠져드는 시기가 바로 사춘기 아닌가? 새로운 차원의 포르노는, 이 시기의 청소년들에게 야한 사진들을 보고 싶어 안달하는 마음과 가족, 학업, 운동실력에 신경 쓰는 마음 사이

미래의 포르노는
섹스와 지성에 대한 관심을
동시에 만족시켜줄 수 있다.

토드 하퍼Jessica Todd Harper, '밀실의 베키Becky in the Den', 2003년 작품.

에서 갈팡질팡하지 않도록 마음의 안정을 줄 것이다. 덧붙여 성적 흥분을 인간으로서 가져야 할 여러 덕목들과 결합시켜줄 것이다.

　이제까지의 포르노가 논리라고는 털끝만큼도 없는 황당한 대사에 판에 박힌 캐릭터와 동물적인 행위로 장면을 가득 채웠다면, 미래의 포르노는 지성(사람들이 도서관에서 책을 읽거나 서가 사이를 거니는 장면), 친절함(거기에서 서로 다정하고 호의적인 분위기로 오럴섹스를 하는 장면), 겸손(그 모습을 들켜 당혹스러워하거나 수줍어하며 부끄럼 타는 장면) 같은 수준 높은 이미지와 시나리오로 꾸며질 것이다. 그렇게 되면 우리는 더 이상 고매한 인간이 되느냐, 섹스만 밝히는 동물적인 존재가 되느냐의 고통스러운 선택의 기로에 놓일 필요가 없다.

---

*인시 노동량의 단위로 한 사람이 1시간 동안 일했을 때의 일의 양을 말한다.
**데이터 팜 대용량의 데이터 처리를 위한 데이터 시스템.

외도

Chap 9 Adultery

시작은
그녀를 알고 싶어 하는 욕망

　이 악명 높은 주제를 이해하려면, 먼저 외도가 얼마나 유혹적이고 짜릿한지를 인정하지 않으면 안 된다. 결혼한 지 수년이 지나 자식을 두어 명 둔 부부라면 특히 그렇다. '잘못된' 행동이라고 욕부터 하기 전에, 외도가 적어도 한동안은 굉장한 짜릿함을 경험하게 해준다는 점을 인정해야 한다.

　그렇다면 한 가지 시나리오를 상상해보자. 앞에 나왔던 짐과 데이지의 얘기다. 지금 우리의 짐은 사무실에서 프리랜서 그래픽 디자이너 지원자들의 면접을 보고 있다. 벌써 몇 시간째 염소수염을 기른 젊은 남자들만 줄곧 보던 중 마지막 지원자가 들어온다. 레이첼이라는 이름의 여자이고 나이는 스물다섯 살이다(마흔을 코앞에 둔 짐은, 요즘 부쩍 죽음에 대한 생각을 자주 하곤 했다). 옷차림은 청바지에 운동화, 짙은 녹색의 브이넥 점퍼 차림으로, 별다른 꾸밈없이 수수한 편이다. 중성적인 느낌이 나는 그녀의 상체에 짐은 자꾸만 눈길이 갔다. 그들은 인쇄비, 여백, 종이 무게, 폰트에 대한 얘기를 나누고 있지만 당연히 짐의 생각은 딴 곳에 가 있다. 이렇게 활기가 넘치는 젊고 매력적인 여성을 앞에 두고 아무런 반응도 보이지 않는 남자라면, 오히려 그의 정신상태를 더 걱정해야 하는 것 아닐까?

레이첼은 순수한 느낌이 나는 여자다. 슈퍼모델 같은 새침함도 없고, 페미니스트적인 분노나 적개심도 없어 보인다. 가끔 야심이 크고 똑똑한 여자들 중에는 미녀들의 잘난 외모에 대해 분개하며, 세상 사람들이 모두 여자의 지성이나 창조성보다는 몸매에만 관심을 보인다며 불쾌해하는 경우가 있는데, 레이첼은 전혀 그런 부류가 아니다. 그보다는 외딴 농장에서 자애롭고 나이 많은 부모님 밑에서 자란 시골 소녀 같다. 텔레비전을 본 적도 없고, 중등학교를 다닌 적도 없는 듯한, 때 묻지 않은 순수한 열정을 지닌 여자 말이다.

짐이 레이첼을 보고 왜 흥분했는지에 관한 근원적인 이유를 설명하려면, 그가 어떤 매력을 가진 섹스 상대에게 끌리는지를 살펴보면 된다. 짐의 경우는 섹스의 고대 영어 동의어'를 대입하면 기막히게 잘 들어맞는 상황이다. 사실 레이첼은 짐에게 그녀를 '알고know' 싶어 하는 욕망을 자극하고 있기 때문이다. 그녀의 허벅지와 발목, 목의 느낌이 어떤지 알고 싶은 것은 말하나마나 당연한 얘기이겠지만, 그 외에도 짐은 그녀가 즐겨 입는 옷, 독서 취향, 샤워 후에 머리에서 나는 냄새, 어릴 적 성격, 친구들과의 우정 등도 궁금하다.

그러던 어느 날 이 두 사람 사이에 특별한 사건이 벌어진다. 짐의 단조로운 삶에서는 딱할 만큼 드문 일이었고, 레이첼의 경우도 전혀 예상하지 못했던 일이었다.

결국 그날 그 면접에서 레이첼이 프로젝트를 맡아 진행하게 되었다. 그리고 그 프로젝트가 끝나고 몇 달이 지난 후, 짐은 해안도시 브리스틀에서 열리는 한 시상식에 고객 한 명과 함께 참석하라는 지시를 받는다. 시상식은 홀리데이 인에서 열렸고, 그곳에서 1박을 해야 했다.

그런데 시상식 당일, 초저녁의 어스름이 깔릴 무렵 라임색으로 꾸며진 화사한 로비에서 짐은 우연히 레이첼과 마주치게 된다. 그녀는 그동안 짐을 까맣게 잊고 있었다. 하지만 얘기를 몇 마디 주고받는 사이에, 흔히 그렇듯이 감정이 좀 고조되어서, 그녀는 시상식이 끝난 후에 바에서 만나자는 짐의 제안에 흔쾌히 응한다.

아무리 초범이어도 살인을 저지른 사람은 시체를 그냥 물속에 던지지는 않는다. 부대에 넣고 최대한 많은 돌멩이들을 함께 담은 후에 버린다. 그래야 떠오르지 않을 테니까. 지식이 없어도 본능적으로 그렇게 한다. 마찬가지로 짐은 (그런 상황에 놓인 사람들이 으레 그렇듯) 데이지에게 굳이 이메일을 보내 잘 자라는 인사를 남기고, 비즈니스 때문에 밤늦은 시간에는 통화가 어려울지도 모른다고 미리 말해둔다. 길고 긴 밤이 될 수도 있으니 미리 대비하는 것이다. 살인자의 돌멩이처럼.

그날 밤 자정 무렵, 짐과 레이첼은 사람이 별로 없는 바에서 함께 와인을 마신다. 이런 식의 유혹은 그 나이 또래의 남성들이 흔히 써먹는 수법이다. 그런데 중년의 기혼남이 다른 여자를 유혹할 때 내보이는 대범함을 자신감으로 착각해선 안 된다. 그것은 자신감이 아니라 죽음에 대한 두려움일 뿐이다. 무슨 말이냐면, 그 나이가 되어 가끔씩 죽음을 의식하게 되면, '내 인생에 언제 다시 이런 기회가 찾아올까?' 하는 초조함 때문에 대범해진다는 뜻이다. 그래서 지금 우리의 짐도, 젊은 독신 남자였을 때는 감히 엄두도 내지 못했던 추진력을 발휘하는 것이다. 과거에는 삶이 무한대로 펼쳐져 있을 것 같아서 수줍음과 부끄러움이라는 사치를 부릴 여유가 있었지만, 지금은 그렇지 않다.

바에서 나와 엘리베이터로 향하던 복도에서 두 사람은 첫 키스를 나누게 된다. 그가 그녀를 벽으로 밀며 거칠게 입을 맞췄다. 바로 옆에는 일요일에 투숙하는 가족 고객들을 위한 숙박료 할인 서비스와 어린이용 브런치를 무료로 제공한다고 홍보하는, 의미심장한 포스터가 붙어 있다. 곧 그녀의 혀가 그의 혀를 뜨겁게 받아들이고, 그녀의 몸과 그의 몸이 격정적으로 밀착된다.

탈선에 대한 욕망이 '없는' 경우가 더 문제?

브리스틀에서 돌아온 후에 짐은 예전과 똑같은 생활을 이어간다. 전과 다름없이 데이지와 함께 아이들을 재우고, 외식을 하러 나가고, 새 오븐을 어떤 것으로 구입할지 상의하고, 어쩌다 한 번씩 잠자리도 갖는다.

물론 짐은 그날 있었던 일에 대해서는 거짓말로 둘러댄다. 여전히 우리는 도덕주의자처럼 구는 시대를 살고 있다. 즉, 결혼 전에 있었던 일들에 대해서는 웬만하면 눈감아주지만, 결혼 후에 저지른 실수에는 그다지 관대하지 않다. 조간신문에 단골로 등장하는 풋볼 선수나 정치인 들의 무분별한 성생활에 대한 기사를 보고 사람들이 어떤 평을 하는가? 짐의 행동에 대한 사회 구성원 대다수의 반응도 아마 그것과 똑같을 것이다. 다시 말해, 짐은 바람둥이, 쓰레기 같은 인간, 개자식, 나쁜 놈이라고 욕을 먹게 될지도 모른다.

짐은 사람들에게 욕을 먹을까 봐 겁이 나면서도, 한편으로는 왜 그런 안이한 도덕주의자들에게 굴복해야 하는가 싶어 회의가 들기도 한다. 그의 이런 회의론도 한편으로는 이해할 만하다.

여기서 잠깐, 관점을 뒤집어 짐과 레이첼 사이의 일이 크게 욕먹을 만한 부정한 짓이 아니었다는 입장을 취해보는 것은 어떨까? 그리고 이왕 이렇게 된 것, 더 과감한 생각도 해보자. 외도에 대한 일반 대중의 견해와는 반대되지만, 진짜 잘못은 그 반대의 경우라고 말이다. 즉 탈선에 대한 어떠한 욕망도 '없는' 경우가 더 잘못된 것일지 모른다는 생각 말이다.

탈선에 대한 욕망이 전혀 없다는 것은, 오히려 이치에 어긋나고 부자연스러운 반응이므로, 이상할 뿐만 아니라 심오한 의미에서 볼 때 '잘못된' 것으로 볼 수도 있다. 외도의 가능성을 전혀 즐길 줄 모른다면, 그것은 심각한 상상력의 결핍을 의미하는 것일 수도 있다. 또한 우리 인간이 이 지구에서 할당받은 애처롭도록 짧은 시간에 대한 심술궂은 태연함이자, 우리 몸이 가진 영광스러운 육욕적 본성에 대한 푸대접이나 마찬가지다. 아니면 회의 중에 탁자 밑에서 유혹하듯 손가락을 감거나, 식당에서 식사가 끝나갈 무렵에 은밀하게 무릎을 접촉해오는 식의 에로틱한 도발에 이성적인 자아가 정당하게 지배당해야 할 권리를 부인하는 셈이다.

하이힐이나 빳빳하게 다려진 푸른색 와이셔츠, 회색 면 속옷이나 라이크라lycra 반바지, 미끈한 허벅지나 근육질의 장딴지 등은 하나같이 알람브라 궁전의 타일이나 바흐의 나단조 미사만큼이나 경애와 찬탄을 보내야 마땅한 감각의 절정이다. 그럼에도 불구하고, 그런 유혹에 굴복할 권리를 부인하다니, 이런 거부는 그 자체로 일종의 배신이 아닐까? 바람을 피우는 것에 단 한 번도 구미가 당겨본 적 없는 사람이라면, 그를 과연 믿어도 될까?

200

저지른 사람과
당한 사람

결혼한 사람이 배우자의 외도 사실을 알게 되었다고 치자. 그는 배우자에게 분통을 터뜨리거나, 배우자를 집에서 쫓아내거나, 배우자의 옷을 갈기갈기 찢거나, 친구들과 동네 사람들 앞에서 개망신을 주거나, 이 모든 것을 한꺼번에 다 한다. 그래도 우리 사회는 충분히 '그럴 만하다'고 인정하고 동정한다. 이 시대의 외도는, 배신당한 사람에게는 격분해도 되는 충분한 근거로 인정받는 한편, 외도를 저지른 사람에게는 '몹쓸 짓을 했으니 죽을 만큼 미안해해야 하는 것'으로 간주된다.

하지만 배신당한 쪽이 아무리 크게 상처받았다 하더라도, 배우자의 외도에 대한 분개가 전적으로 정당하다고 볼 수 있을까? 한눈을 판 배우자가 다른 이성의 치마나 바지 속으로 손을 집어넣어보고 싶은 호기심이 생겼고, 그것을 상상만 하다가 어느 날 무모하게도 그대로 행동에 옮기는 일을 벌였다. 결혼한 지 10년이 넘은 기혼자의 경우, 그게 그리 놀라운 사실이라고 말할 수 있을까? 그리고 이처럼 충분히 이해할 수 있고 통상적으로 일어나는 욕망이라면, 과연 그것에 대해 죽을 만큼 미안해해야 할까?

경우에 따라, 배신한 사람에게 사과를 요구하기보다 배신당한 사람이 오히려 먼저 사과할 수도 있다. 현재의 자신에 대해서, 나이가 들어가는 것에 대해, 때때로 지루해지는 것에 대해, 진실의 장벽을 높게 쌓은 것에 대해, 배우자가 거짓말을 할 수밖에 없게 쌀쌀맞은 것에 대해, 그리고 (남녀가 그것을 하는 한) 인간인 것에 대해서 말이다.

사람들은 외도를 저지른 배우자가 무조건 다 잘못했고, 정절을 지킨 배우자는 아무런 잘못이 없다는 식으로 너무도 쉽게 단정한다. 하지만 이것은 '잘못'의 의미를 일부분만 이해한 반쪽짜리 판단이다. 확실히 외도는 조간신문 톱기사감인 것은 맞지만, 배우자를 배신하는 방법으로 말하자면 다른 종류의 배신들도 얼마든지 있다는 사실을 잊어서는 안 된다. 별로 중요하게 여겨지지는 않지만, 외도에 못지않은 충격과 실망을 주는 배신들이 얼마나 많은가? 이를테면 배우자와의 대화에 인색하게 구는 것, 마음이 딴 데 가 있는 사람처럼 구는 것, 괜히 성질을 부리는 것, 스스로를 매력적으로 가꾸는 데 노력하지 않는 것 등등.

202

사랑, 섹스, 가족에 대한 각기 다른 욕구

배신당한 것에 분개한 배우자는 본질적이고도 비참한 한 가지 사실을 회피하기 쉽다. 그 누구도 다른 사람에게 전부가 될 수는 없다는 사실이다. '배신당한' 배우자들은 대개 이런 서글프고도 충격적인 사실을 너른 아량으로 받아들이지 못한다. 게다가 주위 사람들은 그저 배신자는 비난받아야 마땅하다고 부추긴다. 바람을 피운 주제에 도리어 피해자에게 불평하는 것이 도덕적으로 옳지 못하며 가당치도 않다고 말이다.

하지만 이런 상황에서 진짜 큰 잘못은 도덕주의적 결혼관습에 있다. 한 사람이 다른 사람의 모든 욕구에 대해 성적으로, 감정적으로 평생의 해결사가 되어줄 수 있을까? 그러한 말도 안 되는 희망을 품게 하는 결혼제도의 비상식적인 야심과 고집이 진짜 문제다.

한 걸음 뒤로 물러나, 현대의 결혼이 과거의 결혼과 다른 점을 살펴보자. 그 차이는 바로 근본적인 신조, 즉 우리가 사랑, 섹스, 가족에 대해 품는 모든 열망이 '동일한 한 사람에게만' 속해야 한다는 생각이다. 과거의 어떤 사회에서도 지금의 우리 사회만큼 결혼제도를 엄중하게 여기거나 희망적으로 바라보지 않았다. 결혼에 대한 무지 막지한 기대가 없으니, 당연히 그로 인해 엄청난 좌절에 빠지는 일도 없었다.

과거의 사람들은 사랑, 섹스, 가족에 대한 욕구들을 따로따로 구별 지을 만큼 현명했다. 가령 12세기 프랑스 프로방스의 서정시인들은 낭만적인 사랑의 전문가들이었다. 그들은 아름다운 모습을 보면서 느끼게 되는 아픔을, 만나고 싶어서 속만 태우며 잠 못 이루는 밤을, 또 몇 마디 말이나 짧은 눈빛 교환이 정신에 기운을 북돋워준다는 사실을 매우 잘 알았다. 하지만 그런 소중하고 가슴 절절한 감정을 그에 상응하는 실질적 목적들과 결부시키고자 하는 바람을 겉으로 표현한 적이 없었다. 즉, 가족을 꾸리고 싶은 바람도, 심지어 열렬히 사랑하는 이와 성관계를 갖고 싶은 바람조차도 내비치지 않았다.

한편, 18세기 초 파리의 자유사상가들도 로맨틱하기는 그에 못지 않았지만, 그들의 경우엔 낭만보다는 성애에 탐닉했다. 처음으로 연인의 옷을 벗기는 즐거움, 어슴푸레한 촛불 아래에서 천천히 다른 이의 몸을 탐험하고 탐험당하는 흥분, 미사 중에 은밀히 누군가를 유혹하는 스릴을 찬미했으니 말이다. 하지만 이런 에로틱한 모험가들도 그런 쾌락이 낭만적 사랑이나 자녀 양육과는 거의 관계없는 일임을 알고 있었다.

가족 부양의 충동은 동아프리카에 직립보행 인류가 출현한 초창기 이후로 현재에 이르면서 가장 널리 확산되었다. 하지만 그동안, 진화론적으로 말하면 아주 최근까지도, 거의 아무도 그다음 단계에 대해서는 생각하지 못한 듯하다. 즉, 이런 가족 부양의 과제를 제대로 수행해나가기 위해서는, 매일 아침 식탁 맞은편에 앉은 동료 부모를 보는 순간마다 로맨틱한 열망이 새록새록 솟아날 뿐만 아니라 끊임없는 성욕과 융합되어야 할지도 모른다는 것이다.

어쨌든 18세기 중반까지만 해도 낭만적인 사랑과 섹스, 가족은 각각 독립된 것으로 여겨졌고, 덕분에 보편적인 현실은 그다지 골치 아프지 않았다. 하지만 18세기 중반 이후부터 비교적 부유한 유럽 국가들의 특정 사회계층 사이에서 아주 새로운 이상이 형성되기 시작했다. 이제부터 부부는 자식들을 위해 서로를 참아주는 것에 만족해서는 안 되고, 거기에 추가적으로 서로를 깊이 사랑하고 욕망하는 것이 올바른 도리라는 것이다. 이 말은 곧, 과거 프랑스 서정시인들의 낭만과 자유사상가들의 성적 열정을 조화시킨 관계가 되어야 한다는 뜻이다. 그 후 결과적으로 우리의 가장 간절한 욕구들이 단 한 사람의 도움만으로 한꺼번에 해결될 수 있다는 놀라운 개념이 세상 사람들에게 강요되기에 이르렀다.

결혼에 대한 이 새로운 이상의 탄생과 옹호는, 특정 사회계층, 즉 부르주아 계층에 의해 거의 독단적으로 이루어졌는데, 이것은 우연의 일치가 아니었다. 말하자면 부르주아 계층의 자유와 억압의 조화가 고스란히 반영된 것이었다.

기술과 상업의 발달에 힘입어 급속도로 팽창하는 경제 속에서 이들은 새롭게 부상한 계층이다. 이들은 더 이상 하층민들의 제한된 희망에 만족할 필요가 없어졌다. 부르주아 계층의 변호사와 상인 들은 이제 여유 자금이 마련되면서 야심이 생기고 배우자감에 대한 눈높이가 높아졌다. 단지 다음 겨울을 무사히 넘기도록 도와줄 만한 사람만으로는 성이 차지 않게 되었다.

하지만 그렇다고 해도 그들에게 재원이 무한한 것은 아니었다. 뿐만 아니라 그들에게는 과거 프랑스 서정시인 같은 충분한 여유도 없었다. 물려받은 재산 덕분에 3주 내내 사랑하는 사람의 눈썹을 찬미하는 편지만 쓰면서 여유를 부릴 수 있었던 그들과는 달랐던 것이다.

사업을 운영하고 창고를 관리해야 했으니까.

그런 데다 부르주아 계층은 귀족 계층의 자유사상가들처럼 사회적인 오만도 부릴 처지가 못되었다. 귀족들은 힘과 지위가 있었으므로 남들의 마음을 찢어놓는 말든, 가족들의 마음을 심란하게 하든 말든, 뻔뻔스럽도록 무관심할 수 있는 배짱이 있었고, 자기들이 벌인 해괴한 짓으로 궁지에 몰리더라도 수습해낼 수단이 있었다. 하지만 부르주아들은 처지가 달랐다.

쉽게 말해, 부르주아는 낭만적인 사랑의 호사를 누릴 시간이 1초도 없을 만큼 혹사당하며 팍팍하게 사는 것은 아니었지만, 그렇다고 에로틱하고 감상적인 관계를 마음껏 누릴 만큼 자유로운 것도 아니었다. 그래서 단 한 명의 파트너와 법적으로 평생 지속되는 관계를 맺는 데 시간과 노력을 쏟게 된 것이다. 거기에서 충족감을 얻으려는 생각은, 감정적 욕구와 현실적 구속 사이에 놓인 그들 특유의 상황에서 나온 것으로, 나름대로는 가장 좋은 해결책인 셈이었다.

부르주아의 이상은, 그 이전까지 아무런 문제가 되지 않았던 것은 아니지만, 적어도 결혼생활을 자동적으로 끝내거나 가족을 파탄 낼 만한 원인으로까지 심각하게 받아들이지 않았을 수많은 결함과 행동들을 금기로 만들었다. 부부 사이가 뜨뜻미지근한 것, 외도, 발기부전 등이 이제는 새롭고 중대한 의미를 갖게 된 것이다. 애정이 없거나 서로 무관심한 결혼생활로 들어선다는 것은, 부르주아 계층이 생각하기엔 더없이 끔찍한 저주였기 때문이다. '외도를 하지 않는다'는 생각이 자유사상가에게 그러했을 만큼.

낭만에 대한 부르주아 계층의 야심이 어떻게 변해 가는지는 소설 속에도 잘 나타나 있다. 제인 오스틴의 소설들은 지금 읽어도 상당히 현대적인 느낌을 주는데, 그것은 그녀의 소설 속 인물들이 우리 자신의 모습을 그대로 투영하고 있기 때문이다.《오만과 편견》의 엘리자베스 베넷과《맨스필드 파크》의 패니 프라이스처럼, 우리는 안정적인 가정에 대한 소망과 배우자에 대한 진실한 감정이 조화롭게 공존하길 바란다.

한편, 소설의 변천사를 살펴보다 보면 낭만적 이상의 어두운 일면도 부각된다. 19세기 유럽의 대표 소설이라 할 만한《보바리 부인》과《안나 카레니나》에 나오는 두 여주인공은, 자신들의 시대적, 사회적 지위에 따라 배우자에게 복잡한 자질을 갈망한다. 즉, 남편이자 서정시인이자 자유사상가가 되어주길 바라는 것이다.

하지만 두 경우 모두 삶은 그들에게 이 세 가지 중 첫 번째 것만 허

락해준다. 엠마와 안나는 경제적으로는 안정된 생활을 하지만 사랑
없는 결혼생활에 갇혀버린다. 그런데 이런 결혼생활이 이전 시대라
면 부러움과 축하의 대상이 되었을지 몰라도, 이제는 참을 수 없게
된 것이다. 게다가 소설 속의 두 여인은 혼외정사를 시도한 배우자를
묵인해주지 않는 부르주아의 세계에 살고 있었다. 결국 두 여인은 자
살을 택하고, 그로써 이 새로운 사랑의 모델은 모순된 본질을 여실히
드러낸다.

행복한 결혼, 드물지만 더러는 있다

이러한 부르주아의 이상이 현실에서 절대 존재할 수 없는 환상은
아니다. 드물지만 더러는 있다. 로맨틱하고 에로틱하며 안정된 가정
이라는 세 가지 기준이 완벽하게 충족되고 융합되어 외도 따위로 골
치 아플 염려가 없을 만한 결혼이 있기는 있다.

냉소주의자들은 '행복한 결혼'이라는 환상이 이야기 속에서나 가능
하다고 말하지만, 꼭 그렇지는 않다. 더 정확히 말하면, 가능하긴 하
지만 아주, 아주 드물어서 우리의 애간장을 녹인다. 어째서 결혼이
우리의 모든 희망을 충족시켜주면 안 되는 걸까? 형이상학적으로도
그 이유를 알아낼 방법은 없다. 단지 그 가능성이 우리에게 압도적으

로 불리할 뿐이다.

어쨌든 우리는 이러한 비참한 진실을 냉정하게 마주봐야 한다. 삶이 특유의 잔인한 방법으로, 그리고 언제 어느 때고 자기 멋대로 우리에게 그 사실을 증명해 보여주기 전에.

궁극의 오류는 결혼과 외도에 대한 이상주의

그런데 여기에서 한 가지 짚고 넘어가야 할 점이 있다. 결혼을 사랑, 섹스, 가족이라는 우리의 모든 희망에 대한 완벽한 해결책으로 보는 것이 순진한 착각이라면, 마찬가지로 외도가 결혼생활의 모든 좌절을 해소해줄 효과적인 해결방법이라는 생각도 순진한 착각이라는 것이다.

외도에 대한 일반적인 관념에서 찾아볼 수 있는 궁극적인 '오류'는, 결혼에 대한 특정 관념과 마찬가지로 '이상주의'다. 언뜻 생각하기에 외도는 비뚤어지고 절망적인 행동처럼 보이지만, 사실은 비밀스러운 모험을 통해 어떤 식으로든 결혼생활의 결핍을 채우려는 시도다. 외도를 하면 그 상대방이 자신의 결핍이나 과잉을 마법처럼 조절해줄 것 같은 생각이 들기 때문이다.

하지만 정말로 그렇게 믿는다면, 그것은 삶이 우리에게 부과하는 조건들을 잘못 이해한 것이다. '혼외'의 누군가와 성관계를 가지면서 '결혼생활 내부'의 소중한 것들에 타격을 입히지 않기란 불가능하다. 결혼생활을 충실히 지키는 동시에 인생에서 가장 강렬하고 절박한 감각적 쾌락의 기회를 거머쥐는 것이 불가능한 것과 마찬가지다. 두 마리의 토끼는 언제나 반대 방향으로 뛰어간다.

결혼이 주는 혼란을 해결할 이상적인 방법

불안한 결혼생활에 대한 해답은 없다. 그 '해답'이라는 것이, 양쪽 모두가 아무런 손실을 입지 않는 그런 해결책을 의미한다면 말이다. 또한 우리가 소중히 여기는 모든 긍정적 요소들이 서로를 다치게 하거나 상처받지 않은 채, 다른 요소들과 공존할 수 있는 해결책을 의미한다면, 세상에 그런 해결책은 없다.

결혼생활에서 우리가 원하는 세 가지 요소, 즉 사랑, 섹스, 가족은 서로에게 잔인한 영향력과 피해를 입히는 관계다. 한 사람을 사랑한다는 것은 그 사람과의 원만한 성관계를 방해하기도 한다. 사랑하지 않지만 육체적으로 끌리는 누군가와 몰래 만나는 것은, 사랑하지만 더 이상 흥분이 느껴지지 않는 배우자와의 관계를 위태롭게 하기 마련이다. 그리고 자식을 갖는 것은 사랑과 섹스 양쪽 모두에 위협적인 요소가 될 수 있고, 그렇다고 해서 부부관계나 성적 스릴에 몰입하기 위해 아이들을 방치한다면 가족이 위태로워지고 다음 세대의 건강과 정신안정 역시 크나큰 위협을 받게 된다.

이런 혼란을 해소할 이상적 해법은 정말 없는 걸까? 이러한 절망감이 주기적으로 고개를 들 때마다, 우리는 뭔가 해결책을 찾아야겠다는 충동에 사로잡힌다. 자유결혼open marriage**이 좋은 방법처럼 여겨질지도 모른다. 혹은 서로의 사생활에 대해 비밀을 철저히 지키거나, 1년 단위로 결혼계약을 재협상하는 방법도 있다. 아니면 두 사람 모두 온전히 육아에만 '올인'하거나.

하지만 이런 방법들은 모두 실패로 끝나게 마련인데, 이유는 간단하다. 보통 그런 상황에는 손실이 수반되기 때문이다. 가령, 바람을 피우고 다니면 배우자의 사랑과 아이들의 정신건강이 위태로워질 우려가 따른다. 그렇다고 한눈팔 줄도 모르고 너무 고지식하게 살면 삶의 활기가 사라지고 새로운 관계에서 맛볼 수 있는 흥분의 기회를 놓치게 된다.

마찬가지로 들키지 않고 몰래 외도를 하면 스스로의 내면은 점점 피폐해지고, 그러다 보면 다른 사람으로부터 사랑받는 능력이 위축되기 쉽다. 게다가 뒤늦게라도 외도 사실을 고백한다면 배우자는 엄청난 충격을 받을 것이고(당신의 외도가 별 의미 없는 단순한 성적 모험이었을 뿐이라도) 그 상처를 극복하지 못할 것이다.

마지막으로, 아이들에게 인생을 다 바친다면 어떻게 될까? 나중에 아이들이 다 자란 후에 자기 삶을 살기 위해 떠나버릴 때 남는 것은 비참함과 외로움뿐이다. 그렇다고 부부의 로맨스만을 위해 아이들을 방치한다면, 아이들에게 상처를 주게 되고 평생 원망을 듣게 될 것이다.

한마디로 결혼생활은 침대 시트와 비슷하다. 아무리 애를 써도 네 귀퉁이가 반듯하게 펴지지 않는다. 한쪽을 제대로 펴놓으면, 다른 쪽이 더 구겨지거나 흐트러지고 만다. 그러므로 완벽을 추구하면 곤란하다.

좀 더 엄중하고 비관적인 결혼서약

그렇다면 결혼생활에 대한 좀 더 현실적인 태도는 무엇일까? 서로 정절을 지키려면 어떤 결혼서약을 주고받아야 될까? 확실한 것은, 흔히 쓰는 상투적인 결혼서약보다 훨씬 더 엄중하고, 비관적인 경고가 있어야 할 것 같다. 가령 이런 식이다.

'당신에게, 오직 당신에게만 실망할 것을 맹세합니다. 그로 인한 불만도 당신에게만 털어놓고, 이 사람 저 사람과 바람을 피우며 돈 후안 같은 호색한으로 살면서 여기저기 그 불만을 퍼뜨리고 다니지는 않겠습니다. 나는 여러 가지 불행의 선택을 검토했고 내 일생을 바칠 사람으로 당신을 선택했습니다.'

커플이 결혼식장에서 서로에게 하는 서약 치고는 상당히 비관적이다. 하지만 이런 서약을 한 뒤라면, 외도를 저지르더라도 실망에 대해 서로 서약한 부분만을 배반하는 것이지 비현실적인 희망을 배반하는 것은 아니다. 이렇게 되면 더 이상 배반당한 사람이 상대방에게 "나와 함께하는 것 자체만으로도 행복해해야 하는 것 아니야?"라고 앙칼지게 쏘아붙이는 일은 없을 것이다. 대신 정곡을 찌르는 공정한 지적으로 이렇게 큰소리를 치게 될 것이다.

"나는 당신이 나에게 실망을 느끼더라도 의리를 지켜줄 거라고 믿었어."

감정의 신성화 경지에 오른 결혼제도

18세기 이후로 사랑을 바탕으로 한 결혼관이 확립되면서, 결혼을 결정하게 되는 이유도 바뀌었다. 그 이전까지만 해도 결혼을 하는 이유가 비교적 무미건조한 편이었다. 두 사람 모두 결혼 적령기에 이르렀고, 서로 얼굴 보고 사는 것이 견딜 만하고, 상대의 부모님이나 이웃들과 별 탈 없이 잘 지내고 싶고, 지켜야 할 재산도 좀 있고, 가정을 꾸리길 바라면, 결혼을 결심했다.

반면 부르주아의 새로운 철학은 결혼에 대해 단 한 가지 이유만을 정당화시켰다. 바로 '깊은 사랑'이다. 그리고 이렇게 깊은 사랑에 이르기 위해선 모호하지만 토테미즘적인 여러 감각들과 감정들이 어우러져야 한다고 여겼다. 가령 연인들끼리 서로 떨어지기 싫어 애태우는 애절함, 서로를 볼 때마다 일어나는 육체적 흥분, 서로의 마음이 꼭 들어맞는다는 확신, 달빛 아래에서 시를 읊어주고 싶은 마음, 서로 하나의 영혼이 되고 싶은 열망 등등. 다시 말해, 결혼이 하나의 '제도'에서 '감정의 신성화' 경지로 승격한 것이다. 또한 외부적으로 인정받는 통과의례에서 내부적인 동기에 의거한 감응感應으로 바뀐 것이다.

현대의 결혼 옹호자들은 이런 변화의 정당한 근거를 소위 '비정통적' 심리현상에서 찾았다. 그것은 바로 사람의 내적 감정이 외부 세계로부터 기대되는 감정과 다른 심리현상을 말하는데, 그런 심리현상에 대한 깊은 경외가 결혼을 해야 하는 근거라는 것이다.

보수주의자들이 삼가 '좋게 말해주기'라고 일컬었던 것이 이제는 '거짓말'로 인식하게 되었는가 하면, 사람들은 '예의상 하는' 겉치레 대신 '본마음을 드러내는' 좀 더 감정적인 태도를 취하기 시작했다. 이는 내적 자아와 외적 자아의 합치를 중시한 것으로서, 그에 따라 온당한 결혼생활에 수반되어야 할 까다롭고 엄격한 조건들이 새롭게 생겨나기도 했다. 배우자에 대한 애정이 어쩌다 한 번씩만 생기는 것, 1년에 여섯 번 정도의 뜨뜻미지근한 부부관계, 자식의 행복을 위해 서로를 참고 사는 것 등은 온전한 인간이 될 권리를 포기하는 것으로 간주되었다.

감정에 가해지는 과도한 압박

풋풋한 젊은 시절엔 거의 대부분이 사랑에 바탕을 둔 결혼관을 가지고 그것에 대해 직관적 경의를 느낀다. 그런 결혼관에 대한 사회적 분위기와 문화적 편견을 감안하면 그러지 않기란 여간해선 힘들다. 하지만 일반적으로 나이가 들면서 의혹이 생겨나기도 한다.

'모든 것이 수백 년 전에 젊은 청춘의 마음을 사로잡았던 작가들이나 시인들이 꾸며낸 공상에 불과한 건 아닐까? 역사상 그 전까지의 대부분의 시기 동안 인류에게 그런대로 유익했던, 제도 기반의 구시대적 결혼 체제 아래에서 살았다면 더 행복하지 않았을까?'

이와 같은 의문은 흔히 혼란스럽고 갈팡질팡하는 자신의 감정을 의식하게 될 때 생겨난다. 그런 경우는 얼마든지 많다. 이를테면 길을 건너가다 매력적인 얼굴이 눈에 띄었고, 그 순간 인생을 송두리째 뒤흔들고 싶을 만한 충동이 일어날 때도 그런 의문을 갖는다. 또한 인터넷 채팅으로 에로틱한 대화를 주고받는데, 마음이 끌리던 대화 상대가 공항 호텔에서 만나자고 은근히 유혹해온다. 그러면 고작 몇 시간의 쾌락을 위해 인생이고 뭐고 다 내팽개치고 싶어진다.

그 외에도 많다. 배우자에게 정말 미치도록 화가 나서 '차에 치어버렸으면 좋겠다'고 앙심을 품었다가, 10분쯤 지나선 그 사람 없이는 못 살겠다는 생각이 퍼뜩 들 때, 길고 지루한 주말을 보내다 아이들이 어서 컸으면 좋겠다고, 이젠 트램펄린 같은 것은 재미없어했으면 좋겠다고, 아니면 어딘가로 영영 가버려서 한 시간이라도 잡지를 제대로 읽고 잘 정돈된 거실에서 여유를 즐기면 정말 좋겠다고 바랄 때도 그렇다. 하지만 하루가 지나 사무실에 출근했을 때, 회의가 늦게 끝날 것 같으면 아이들을 못 재워주겠다는 아쉬움에 고함이라도 지르고 싶어진다.

감정 기반의 결혼관을 옹호하는 사람들은 진심과 진정성을 내세워 감정을 경외하지만, 그것은 한 가지를 무시했기 때문에 가능한 것이다. 대다수의 사람들이 가진, 끊임없이 변하는 감정 속에서 순간순간 스치는 진짜 마음 말이다. 우리는 모순에 빠지거나 감상에 치우쳐서, 또는 호르몬의 영향을 받아서 어쩌다 간혹 발광하듯 무분별한 방향으로 감정을 폭발시키고 만다. 그런 감정까지 일일이 존중한다면 일관된 삶을 이끌어갈 희망은 사라지게 마련이다. 따라서 종종, 아니 어쩌면 더 자주 진정성을 거부하지 않으면 안 된다. 아이들의 목을 조르고 싶거나, 배우자를 독살하고 싶거나, 전구를 가는 일 때문에 일어난 다툼으로 확 이혼해버리고 싶어지는 마음이 순간순간 스칠 때마다, 그 마음을 감추지 않으면 우리는 온전히 살아가지 못할 테니까 말이다.

낭만주의는 비진정성의 위험을 강조했지만, 매순간 외면의 삶을 내면의 삶과 일치시키려 하다가는 적지 않은 위험에 직면하게 될 것이다. 오로지 감정만을 중요한 인생과제의 지침으로 삼았다가는, 감정에 과도한 압박을 가하게 될 뿐이다. 우리의 감정은 복잡한 작용으로 혼란스러워진 상태이므로, 오히려 잠깐잠깐 찾아오는 이성적인 시간 동안에 고수할 만한 기본원칙이 절실히 필요하다. 사실 우리의 외부 상황이 감정과 일치하지 않을 때가 더 많지만, 그 점에 고마워하고 안심해야 한다. 우리가 제대로 살고 있다고 여길 만한 신호니까.

기적과도 같은 일

결혼은 그 당사자들이 순간순간의 감정을 과도하게 내색하지 않고 살아갈 때 환영할 만한 제도일 수도 있다. 그런 자애로운 무관심은, 사실 끊임없이 감정의 맥을 짚어 그에 맞추는 식의 결혼제도보다도, 사람들이 오랫동안 바라던 바를 더 잘 대변해주는지도 모르겠다.

결혼은 아이들을 위해서도 괜찮은 제도다. 부모가 조금 다투어도 아이들은 걱정을 덜할 수 있다. 심지어 매일같이 티격태격 말다툼을 하고 싸우는 부모라도, 아이들은 확신할 수 있다. 엄마와 아빠가 서로 좋아하는 사이니까, 아이들 자신이 밖에서 친구들과 놀 때 그러는 것처럼 곧 화해하고 잘 지내게 될 거라고.

적절하고 올바른 결혼생활을 하려면, 어쩌다 벌어진 외도 사건을 놓고 서로를 탓해서는 안 된다. 그렇게 서로를 탓할 것이 아니라, 서로가 부부관계를 잘 유지하기 위해 대체로 힘써 왔다는 것에 뿌듯해해야 한다. 너무나 많은 사람들이 잘못을 저지른 쪽에게 도덕적 책임을 집요하게 따지고, '탈선의 충동을 느낀다니 역겹고 기막히다'며 독선적인 조롱을 쏟아낸다. 사실, 그런 충동은 경이로우면서도 존중할 만한 애정 유지 능력인데도, 덮어놓고 전형적인 불륜으로 치부하기 일쑤다.

부부가 자신들의 삶이 결혼이라는 감옥에 갇혀 있음을 기꺼이 받아들이고, 외도의 충동에 몸과 마음을 내맡기지 않는다는 것, 그것은 기적과도 같은 일이다. 그것도 두 사람 모두가 날마다 감사해야 할 정도로 엄청난 기적이다.

서로에게 여전히 충실한 배우자들은, 부부애와 아이들을 위해 감수하는 희생을 서로 인정해주고 그 용기를 자랑스럽게 여겨주어야 한다. 금욕생활은 보통 일이 아닐뿐더러 특별한 즐거움을 주는 것도 아니다. 그러므로 정절은 하나의 위업으로 칭송받기에 충분하며, 입에 침이 마르도록 칭찬받아 마땅하다(욕심 같아서는, 메달도 주고 상도

주어서 대중에게 널리 알리면 더 좋겠다). 아무튼 '정절'이라는 말은 바람 피운 배우자에게 분노가 치밀 때 들먹거리는, 그런 하찮은 말로 취급 받기엔 너무 고귀한 단어다.

충실하게 결혼생활을 지켜가는 배우자들에게는 이런 얘길 해주고 싶다. 두 사람이 서로에게 굉장한 자제심과 관대함을 베풀며 바람을 피우지 않으려고 무던히 애쓰고 있다는 사실을(그리고 잠자리 때문에 서로를 죽이고 싶어 안달하게 되지 않도록 둘 다 엄청 애쓰고 있다는 사실도) 항상 잊지 말고 가슴에 새기라고.

그러므로 한쪽이 어쩌다 실수한다면 다른 쪽은 분노를 터뜨릴 것이 아니라, 그동안 두 사람이 성실함과 평온함을 잘 지켜온 것에 대해(그 가능성이 지극히 희박하므로) 어정쩡하게 놀라는 편을 택해야 할 것이다.

---

*고대 영어에서 섹스를 뜻하는 단어는 cnawan으로, know라는 뜻을 포함한다.
**자유결혼 부부가 서로의 사회적, 성적 독립을 승인하는 결혼 형태.

How to Think
More about Sex
Alain de Botton

맺음말
Conclusion

Part 4

섹스 문제만 없었다면
정말 즐겁게 살았을지도 모른다

성욕이란 게 없었다면 우리는 훨씬 더 행복했을지 모른다. 살아가는 동안 거의 평생을 성욕 때문에 골치를 썩고 괴로워해야 하니까 말이다. 성욕이란 이름으로 우리는 그다지 좋아하지도 않는 사람과 그것을 하기도 한다. 그러고 나면 남는 것은 혐오감과 죄책감뿐이다.

또한 못생겼다거나 자기 타입이 아니라는 이유로 우리가 좋아하는 사람이 우리를 걷어차고, 정말 괜찮은 사람들은 어김없이 현재 사귀는 애인이 있으며, 그러다 보면 갓 성인이 된 시절의 삶은 대부분 거절, 슬픈 노래, 형편없는 포르노로 점철된다. 그러다 누군가가 딱한

마음에 우리에게 기회를 주면(구제해주는 셈 치고) 우리는 마침내 기적을 얻은 듯 들뜨지만, 그것도 오래 가지 않는다. 우리는 곧 다른 이성의 다리나 머릿결에 한눈을 팔기 시작한다.

우리는 왜 이 고통을 기꺼이 받아들이는 것일까?

우리는 정말 섹스 문제만 아니었으면 꽤 즐겁게 살았을지 모른다. 원숭이나 사슴에 대한 호기심으로 가득한, 깨물어주고 싶을 만큼 사랑스러운 일곱 살짜리 소년소녀처럼 말이다. 하지만 나이가 들면 우리 앞에는 엄중한 현실이 기다리고 있다. 그것을 잘 못해서 주눅이 들거나 치욕감에 빠지는 일, 우리가 대학생일 때 아직 아기였을 법한 어리디어린 누군가의 손목과 발목에 음탕한 시선을 보내는 일, 한때 탱탱하고 탄력 있던 몸이 서서히 늘어지는 것을 지켜보는 일 등등. 유난히 일이 꼬여 엉망진창인 날엔, 이 모든 상황이 우리를 좌절시키기 위해 합동작전을 펴는 것 같아 신경질이 나기도 한다.

물론 섹스 문제에는 또 다른 면도 있어서, 황홀경과 새로운 발견의 세계를 열어주기도 한다. 이런 세계를 엿볼 수 있는 최적의 시간은, 아마도 화창한 어느 여름날 대도시의 저녁시간일 것이다. 좀 더 정확히 말하자면, 대다수의 직장인들이 일을 마치는 저녁 6시 30분쯤이 좋겠다. 거리에 디젤과 커피 냄새, 무언가를 튀기고 볶는 냄새가 가득하고, 뜨거운 아스팔트 냄새에 성적 열기가 뒤섞여 진동할 무렵이다.

인도에는 정장이나 헐렁한 청바지, 화려한 무늬가 프린트된 원피스 차림의 사람들이 북적거리고, 강을 가로지르는 다리에는 벌써 조명불이 켜졌으며, 머리 위에는 선회하는 비행기들이 지나가는 그 즈음, 착실하고 가정적인 사람들은 아이들의 목욕시간에 맞춰 교외의 집으로 돌아갔지만 아직 거리를 서성이는 사람들에게 그 밤은 흥분, 밀애, 음모 같은 나쁜 짓들이 손짓해오는 시간이다.

섹스는 우리를 집 밖으로, 그리고 우리 자신의 바깥으로 나돌게 한다. 우리는 성욕이란 이름으로 넘지 말아야 할 선을 넘어서서 닥치는 대로 아무하고나 경솔하게 몸을 섞고 만다.

사교성은 별로 없지만, 내심 자신이 보통 사람들과는 좀 다르다고 생각하는 사람은, 이 시간에 바나 나이트클럽의 문을 밀고 들어간다. 소심하게 계단을 올라가 난감한 표정으로 두리번거리다 요란하게 쾅쾅거리는 음악 속에서 소리를 질러가며 옆에 있는 누군가에게 말을 걸어본다. 결국 자녀가 여럿인 어느 학부모와 매너 좋게 얘기를 나눈다. 거실을 어떻게 장식했는지, 아이가 학교에서 받아온 상장을 어떻게 걸어두었는지, 그런 얘기들을. 바로 그 시각, 나이트클럽 위층에서는 방금 대화를 나눈 그 학부모의 다 큰 아이가 깨끗하게 손질된 새 속옷을 갈아입고 있다.

성욕이란 이름으로 우리는 흥미와 상식을 넓혀가기도 한다. 가령 사랑하는 사람과 더 친해지기 위해 18세기 스웨덴 가구의 섬세한 장식에 매료되거나, 장거리 사이클을 배우고, 한국의 '달항아리' 백자에 대해서도 알게 된다.

우람한 덩치에 문신도 했지만 마음만은 다정한 어떤 목수는, 얌전하게 앞머리를 내린 요정 같은 외모의 박사학위 과정 학생과 카페에 마주 보고 앉아 있다. 그것 역시 성욕 때문이다. 그리스어 '에우다이모니아eudaimonia'의 의미에 대한 그녀의 고문 같은 설명을 듣는 둥 마는 둥 하면서, 눈으로는 뒤에서 소시지를 굽는 종업원이 그녀에게 보내는 음탕한 시선을 놓치지 않는다. 잡티 하나 없는 그녀의 도자기 같은 피부에 드리워진 저놈의 시커먼 그림자를 어떻게 쫓아버려야 할지도 잠깐 생각해본다.

성욕이란 게 없었다면 우리가 할 일은 훨씬 적어질 것이다. 어느 누구도 굳이 보석점을 열거나, 레이스를 짜거나, 은접시에 음식을 담아 내오거나, 열대의 석호가 내려다보이는 자리에 수상호텔을 지으려 하지 않을 테니까. 추동력이나 조직이념으로 작용해줄 성욕이 없다면, 우리 경제의 상당 부분이 무의미해질 것이다. 증권거래소의 열광적인 에너지, 본드 가 Bond Street 디올 매장의 탈의실(푹신한 패드가 깔려 있고 벽은 금박으로 장식되어 있다), 뉴욕 현대미술관에 몰리는 관람객, 스카이라운지 일식 레스토랑의 은대구 요리…. 창문 밖으로 구급차가 사이렌을 울리며 지나갈 때, 두 사람이 어두운 방에서 사랑을 나누게 되기까지의 과정에 도움을 주지 않는다면, 이런 것들이 다 무슨 소용이 있겠는가?

섹스라는 프리즘을 통해서만 인류의 지난 과거를 제대로 이해할 수 있을 것이다. 사실, 고대 로마와 중국 명나라는 확실히 달라 보이지만, 따지고 보면 결국엔 그 이질성이 그렇게 크지 않을지도 모른다. 언어와 문화의 장벽에도 불구하고 사람들은 똑같이 붉은 뺨과 미끈한 발목에 끌렸을 테니까. 멕시코의 목테수마Moctezuma 1세의 통치기나 이집트의 프톨레미Ptolemy 2세의 통치기도 마찬가지다. 어느 시대, 어느 곳에 사는 사람이든, 누군가와 한 몸이 되어 헐떡이며 밀착될 때의 그 느낌은 똑같았을 것이다.

성욕이란 것이 없었다면 우리는 너무 안전해서 탈이었을 것이다. 가령 우리는 자신이 얼마나 어리석은지 느끼지 못했을 것이고, 거절과 치욕에 대해 절절히 깨우쳐보지도 못했을 것이다. 그저 고상하게 나이 들며 평온한 삶에 길들여져서 세상사를 훤히 안다고 생각했을지도 모른다. 게다가 숫자와 단어에 매몰된 메마른 사고방식에서 빠져나오지 못했을지도 모른다.

한편 성욕은 힘, 지위, 돈, 지력에 따른 통상적 위계를 무너뜨리고 혼란을 야기한다. 반드시 필요한 혼란이 생겨나도록 해주는 것이다. 이를테면 학교라고는 초등학교도 다녀보지 못한 농장 일꾼에게 여자 교수가 무릎을 꿇고 채찍질을 해달라고 사정하게 만든다.

또한 굴지의 기업 CEO가 어느 여자 인턴사원 때문에 이성을 잃기도 한다. 그 CEO는 수백만 달러를 가졌고 여자는 지하 단칸방에 살지만, 그런 사실은 중요한 게 아니다. 그에게 가장 중요한 것은 그녀가 자신에게 안겨줄 쾌감뿐일 테니까. 그래서 그는 그녀를 위해 들어본 적도 없는 아이돌그룹의 이름들을 외우고, 백화점에 들어가 그녀에게 잘 어울리지도 않는 레몬색 원피스를 사준다. 이제껏 줄곧 경멸해왔던 것들에 대해서도 관대해지고, 자신의 어리석음과 인간다움을 스스로 인식하게 된다. 그리고 그 모든 것이 끝난 뒤엔 자신의 값비

싼 독일제 차 안에 앉아, 창밖으로 번드르르한 자기 집을 바라보면서 주체할 수 없이 눈물을 쏟을 것이다.

그렇다면 우리는 왜 성욕 때문에 생기는 이러한 고통을 기꺼이 받아들이는 것일까? 어쩌면 성욕이 없으면 예술과 음악을 이해하는 능력이 떨어지기 때문일지도 모른다. 성욕이 없었다면 슈베르트의 가곡이나 나탈리 머천트Natalie Merchant의 앨범 '오필리아Ophelia', 잉마르 베리만Ernst Ingmar Bergman 감독의 영화 '결혼의 풍경Scenes from a Marriage'이나 나보코프Vladimir Vladimirovich Nabokov의 소설《롤리타》같은 작품도 별로 주목을 못 받았을 것이다. 우리는 고통에 대해 훨씬 더 둔감해졌을 테고, 스스로를 비웃는 일에 서툴렀을 것이며, 그래서 인간에 대해 훨씬 더 잔인해졌을 것이다.

지독한 성적 욕망을 겨냥해 경멸적인(하지만 온당한) 이야기들이 숱하게 나오고 있음에도 불구하고, 우리가 여전히 그 욕망을 칭송할 수 있는 이유는 뭘까? 어쩌면 우리가 실체적인 인간으로서 호르몬에 정직하게 반응하고, 제정신으로 살기 위해서 정말로 필요한 것을 며칠씩이나 잊고 지내는 지경에 이를 때까지 성적 욕망이 우리를 가만히 내버려두지 않기 때문일지 모른다.

더 찾아보면 좋은 자료들

수많은 책과 논문, 영화, 대화 들이 이 책에 많은 영감과 아이디어를 제공해주었다. 다음과 같은 자료들이 이 책을 이해하는 데 매우 유용할 것이다.

Part 1. 들어가는 글

- 《팡세》 – 파스칼Pascal.
- 《삶의 지혜에 관한 격언Maxims on the Wisdom of Life》 – 아르투르 쇼펜하우어 Arthur Schopenhauer.
- 《하찮은 인간, 호모 라피엔스》 – 존 그레이John Gray.

  이 책들은 섹스를 비롯한 인간 본성에 대한 비관주의를 더없이 훌륭하게 파헤친 대표적 저서들이다. 이 세 명의 작가가 공통적으로 인지한 중요한 사실이 한 가지 있으니, 바로 '격려'와 '좋게 말해주는 것'을 착각해서는 안 된다는 점이다. 그들이 간파했다시피, 듣는 사람이 마음을 고쳐먹고, 작은 자비에 고마움을 느끼게 만들려면 엄하고 모진 말을 하는 편이 훨씬 낫다.

Part 2. 섹스의 기쁨

- 《비밀의 정원My Secret Garden》 – 낸시 프라이데이Nancy Friday.
- 《하이트 리포트The Hite Report》 – 쉐어 하이트Shere Hite.

   이 책들은 우리의 판타지에 대해 놀라울 만큼 자세히 다루고 있는 저서들
   이다. 특히 프라이데이의《비밀의 정원》중에서 근친상간, 성매매, 강간에
   대해 다룬 장들은 정말 인상적이다.

- 《성적 정신병질》 – 리하르트 폰 크라프트에빙.
- 《성 심리학에 관한 연구Studies in the Psychology of Sex》 – 헨리 해블록 엘리스
   Henny Havelock Ellis.

   페티시에 대하여 상세히 다루며 체계적으로 정리한 저서들로, 두 책 모두
   굉장히 따분하다는 점은 매우 안타까운 노릇이다.

- 《당신의 얼굴:인간의 매력에 대한 새로운 과학적 발견In Your Face: The New
   Science of Human Attraction》 – 데이비드 페렛David Perrett.

   미와 성에 대한 진화생물학적 관점을 자세히 알고 싶다면 이 책을 참고하
   기 바란다.

- 《누드The Nude》 – 케니스 클라크Kenneth Clark.

  이 책은 미와 열망을 주제로 다룬 인상적인 저서다.
- 〈앵그르와 그의 비평가들Ingres and his Critic〉 – 앤드류 캐링튼 셸튼Andrew Carrington Shelton의 논문.

  앵그르에 대해 더 자세히 알고 싶다면 이 논문을 권하고 싶다.
- 〈추상과 감정이입〉 – 빌헬름 보링거의 논문.

  예술 취향에 얽힌 심리학에 대해 흥미진진한 이론이 제시되어 있다.
- 《미의 은밀한 힘The Secret Power of Beauty》 – 존 암스트롱John Armstrong.

  미의 의미에 대해, 그리고 미의 미덕이나 도덕성과의 연관성에 대해 날카롭게 통찰한 저서다.

- '클레르의 무릎Le genou de Claire' – 에릭 로메르Eric Rohmer의 영화.

  페티시즘을 다룬 영화 가운데 가장 훌륭한 작품으로 꼽을 수 있다.
- www.natalieportman.com – 나탈리 포트만 공식 사이트
- www.scarlettjohansson.org – 스칼렛 요한슨 공식 사이트
- www.marni.com – 이탈리아의 패션 브랜드 마르니의 플랫 슈즈는 세계 최고로 꼽힌다.

Part 3. 섹스의 골칫거리들

- 〈결혼을 다시 생각하기Rethinking Marriage〉 – 크리스토퍼 클루로우Christopher Clulow의 논문.

  정신분석 전문의 크리스토퍼 클루로우는 이 논문에서 오래된 남녀관계에서 직면하게 되는 섹스의 문제들에 대해 다루었다.

- 《성욕 이론에 관한 세 편의 에세이Three Essays on the Theory of Sexuality》 – 지그문트 프로이트

  프로이트가 내놓은 이론들은 흥미로운 것들이 많지만 그중에서도 이것은 특히 더 흥미롭다.

- 《인간의 성기능부전》 – 윌리엄 마스터스와 버지니아 존슨.

  조루, 발기부전, 질경련의 극복요령에 대한 가이드로 가장한 이 책은, 20세기 미국에서 일어난 남녀관계 이야기를 마치 소설처럼 재미있게 풀어놓았다.

- www.park.hyatt.com – 관계에 다시 활기를 불어넣고 싶은 부부라면 하얏트 호텔 체인의 한 지점에 묵어볼 것을 권한다. 이미 예상하고 있겠지만, 이 시도에는 비용이 좀 많이 든다는 것이 유감이라면 유감이다.

- 《마네, 현대성의 창시자Manet, inventeur du moderne》 – 스테판 게강Stephane Guegan

과 존 리John Lee.

마네와 아스파라거스에 대해 더 자세히 알고 싶다면 이 책을 읽어보기 바란다.

- www.pornhub.com – 포르노에 대해서는 이 사이트를 참고했다.

- 《스페인 종교재판The Spanish Inquisition》– 헨리 카멘Henry Kamen.

  이 책은 검열 및 검열에 대한 기독교의 정당화 논리를 예리하게 통찰해놓은 저서다.

- 《위험한 공화주의: 히잡 논쟁과 정치철학Critical Republicanism:The Hijab Controversy and Political Philosophy》– 세실 라보르드Cecile Laborde.

  이 책은 히잡에 대한 논의를 다루고 있다.

- 《내부 폭로Interior Exposure》– 제시카 토드 하퍼Jessica Todd Harper.

  포르노의 이상적 미래상에 대한 것은 사진작가 제시카 토드 하퍼의 이 책에 수록된 뛰어난 이미지들을 보고 힌트를 얻었다.

- 《불륜과 소설Adultery and the Novel》– 토니 태너Tony Tanner의 고전연구서.

- 《사랑의 조건Conditions of Love》– 존 암스트롱.

- 《보바리 부인》– 귀스타브 플로베르Gustave Flaubert.

  결혼과 외도에 대한 주제를 다룬 저서들로는 이 책들이 참고할 만하다.

내 경우엔 내 데뷔작인《왜 나는 너를 사랑하는가Essays in Love》에서 밝혔던 일부 견해에 대해 여전히 같은 생각을 가지고 있다.

• '결혼의 풍경' – 잉마르 베리만 감독의 영화.

사랑과 결혼에 대한 주제는 전반적으로 이 영화에서 특히 많은 영감을 받았다. 이 영화 속에서 모든 예비부부들은 정부법령에 따라 결혼을 하기 전에 신중히 처신해야 했다.

Part 4. 맺음말

• 7월 말의 맨해튼은 가장 많은 땀을 빼며 성적 매력을 체험해볼 수 있는 시간과 장소다.

• '오필리아' – 나탈리 머천트의 앨범.

최근 연인과 헤어진 사람에게 추천한다.

•《삶의 지혜에 관한 격언》– 아르투르 쇼펜하우어.

이 책도 최근 연인과 헤어진 사람에게 괜찮은 위안을 줄 것이다.

이미지 출처

이 책에 이미지를 제공해주고 사용을 허락해준 모든 분들께 가슴 깊이 감사
드린다.

25쪽 : *Kama Sutra*. Album painting, India, late 18th c. / early 19th c. Private Collection. Photo:
Werner Forman

47쪽 : Masaccio, *Adam and Eve Banished from Paradise*, c.1427. The Brancacci Chapel, Santa Maria
del Carmine, Florence. Photo: The Bridgeman Art Library

53쪽 : Aeroplane toilet ⓒ Rex Features

64쪽 : Gentleman's wristwatch, 1940s, by Vacherin Constantin of Geneva

Ladies' Baffin loafer, 2011, by Bertie Shoes

76쪽 : Comparison of two female faces. Plate III, Figure G from *In Your Face: The New Science
of Human Attraction*, 2010, by David Perrett. Reproduced by permission of the author

Comparison of two male faces, ibid., p.81, figure 4.5

81쪽 : Jean − Auguste − Dominique Ingres, *Madame Antonia Devaucay de Nittis*, 1807. Musée
Condé, Chantilly. Photo: The Bridgeman Art Library

86쪽 : Green silk printed dress by Marni Edition

Pink and black silk pussybow blouse by D&G Dolce & Gabbana

93쪽 : Facade of the Church of Santa Prisca y San Sebastian, Taxco ⓒ Mone Rosales / Fotolia

94쪽 : Agnes Martin, *Friendship*, 1963. Incised gold leaf and gesso on canvas. Fractional and

238

지은이

알랭 드 보통

타고난 이야기꾼이자 이 시대의 유쾌한 현자.

스물세 살에《왜 나는 너를 사랑하는가》로 이미 전

세계 독자들로부터 '연애학 박사' 학위를 받기도

한 그는, 유머와 통찰력으로 가득한 철학적 연애소

설은 물론이고, 문학과 철학, 역사를 아우르며 일

상의 가치를 재발견하는 놀랍도록 흥미진진한 에세이를 여러 권 집필했다. 그는 어

떤 주제든 독자들이 마지막 한 줄까지 술술 읽어치우게 만드는 매력적인 플롯을 구

사한다.

타고난 에디터이자 영민한 기획자이기도 한 그가, 2008년 어느 날 런던 한복판에

'인생학교'를 열고 사람들을 끌어모으는 독특한 프로젝트를 시작했다. 그리고

2012년 인생학교에서 가장 주목받았던 여섯 가지 강의를 '인생학교 시리즈'로 묶

어 펴내게 되었고, 시리즈 전체의 에디터를 맡아서 전 세계 독자들을 또 한 번 놀라

게 하고 있다.

1969년 스위스 취리히에서 태어났다. 영국 케임브리지 대학교에서 수학했으며, 영

어, 프랑스어, 독일어에 능통하다. 2003년 2월에 프랑스 문화부 장관으로부터 예술

가에게 수여하는 최고의 명예인 예술문화훈장을 받았으며, '슈발리에 드 로드르

데자르 에 레트르' 라는 기사 작위를 받았다. 같은 해 11월에는 유럽 전역의 뛰어난 문장가에게 수여되는 '샤를르 베이옹 유럽 에세이 상'을 수상했다.

《왜 나는 너를 사랑하는가》,《우리는 사랑일까》,《키스하기 전에 우리가 하는 말들》, 《여행의 기술》,《불안》,《일의 기쁨과 슬픔》,《공항에서 일주일을》,《행복의 건축》, 《철학의 위안》,《무신론자를 위한 종교》등 여러 저서가 전 세계 20여 개국의 언어로 번역 출간되었다.

옮긴이
정미나

오랫동안 출판사 편집부에서 근무했으며, 현재 번역가 에이전시 하니브릿지에서 전문 번역가로 활동하고 있다. 주요 역서로는《스티비 원더 이야기》,《퀘스트》, 《하트 투 하트》,《염소를 노려보는 사람들》,《위대한 정치의 조건》,《평화는 스스로 오지 않는다》,《와인 바이블》,《악마의 정원에서》,《기다리는 부모가 큰 아이를 만든다》,《인생의 8할은 10대에 결정된다》,《스캔들의 심리학》등 다수가 있다.

인생학교 | **섹스** | 알랭 드 보통
섹스에 대해 더 깊이 생각해보는 법 How to think more about sex

'섹스'에 관해서 자신이 완벽하게 '정상'이라고 생각하는 사람이 있을까? 현대인의 섹스는 왜 이렇게 어렵고 혼란스러울까? 과연 우리가 모르고 있는 모던 섹스의 리얼리티는? 사랑과 연애에 관한 이 시대 최고의 현자 알랭 드 보통이 알려주는 모던 섹슈얼리티의 딜레마! 사랑과 욕망, 모험과 헌신 사이에서, 21세기적 섹스는 어떻게 균형을 잡을 것인가?

인생학교 | **돈** | 존 암스트롱
돈에 관해 덜 걱정하는 법 How to worry less about money

당신은 돈이 많은가, 적은가? 돈에 집착하는가, 아니면 무관심한가? 문제는 돈과 어떤 관계를 맺느냐다. 돈과 인생, 행복에 관한 매우 놀랍고 새로운 인사이트! 돈에 대한 제대로 된 개념정립과 철학적 고찰이 필요한 시대! 돈에 관한 본능적인 부정, 갈망과 두려움의 실체는 무엇일까? 돈은 사랑, 섹스, 인간관계에 어떤 영향을 줄까?

인생학교 | **일** | 로먼 크르즈나릭
일에서 충만함을 찾는 법 How to find fulfilling work

일이란 무엇인가? 우리는 왜 일을 하며, 일에서 얻는 성취감의 정체는 무엇인가? 인생에서 일이 갖는 가치와 의미, 위상에 관한 가장 근사하고 명쾌한 대답! 이 책은 의미를 찾고 기꺼이 몰입하는 가운데 자유를 느낄 수 있는 일을 찾는 방법을 제시한다. 일에서 성취감을 느끼고 싶은가? 그런 일을 찾아 변화를 시도하고 싶은가? 이 책에 담긴 혜안과 성찰이 당신에게 '천직'에 이르는 길을 보여줄 것이다.

인생학교 | 정신 | 필립파 페리
온전한 정신으로 사는 법 How to stay sane

누구나 종종 우울해지거나, 감정이 폭발하고, 망상에 사로잡혀 '내가 미쳤나?' 하고 걱정한다. 어마어마한 스트레스가 일상이 된 현대인의 위태로운 정신세계! 이 책은 매우 간단하고 현실적인 방법으로 '마음 탐험'을 안내한다. 다양한 심리치유 기법, 지노그램, 명상, 호흡, 대화법 훈련 등을 통해 인생에서 벌어지는 다양한 사건들에 안정적이고 유연하게, 그리고 일관성 있게 대처하도록 돕는다.

인생학교 | 세상 | 존 폴 플린토프
작은 행동으로 세상을 바꾸는 법 How to change the world

세상을 바꾸는 일은 대체 누가 하는 걸까? 그것은 바로 당신이다. 역사의 흐름을 바꾸는 혁명이나 저항은 결국 개개인의 작은 참여와 실천에서 시작되지 않았던가! 이 책은 역사와 정치에서 뽑아낸 매우 새롭고 신선한 통찰을 현대인의 삶과 결합시켜, 패배주의를 극복하는 법부터 198가지 비폭력 저항운동까지, 누구라도 지금 당장 실천할 수 있는 '행동'들을 알려준다.

인생학교 | 시간 | 톰 체트필드
디지털 시대에 살아남는 법 How to thrive in the digital age

당신의 스마트 기기의 노예인가 주인인가? 디지털 시대의 속도와 밀도 속에서 깊이 있는 삶은 지속될 수 있는가? 계속 이렇게 살아도 삶의 본질을 놓치지 않고, 정체성과 자존감을 지킬 수 있을까? 이 책은 디지털 시대의 소통, 적응, 생존에 관해 본격 해부했다. 사회 각 분야에 걸쳐 어떻게 해야 인간다움을 잃지 않을지, 미래에 우리가 어떤 방식으로 존재해야 하는지에 대한 깊이 있는 통찰을 제시한다.

**THE
SCHOOL
OF LIFE** How to Think More about Sex